NÓS

tradução MARÍLIA GARCIA

# SCHOLASTIQUE MUKASONGA

# NOSSA SENHORA DO NILO

O LICEU NOSSA SENHORA DO NILO É O MELHOR LICEU que existe. E o maior também. As professoras brancas gostam de dizer, orgulhosas: ele tem 2.500 metros. A irmã Lydwine, professora de geografia, corrige: 2.493. "Estamos tão perto do céu", murmura a madre superiora, juntando as mãos em sinal de devoção.

Como o ano escolar coincide com a estação das chuvas, o liceu costuma ficar coberto de nuvens. Às vezes o tempo abre um pouco, embora seja raro, e dá para ver, lá do alto, o grande lago que parece uma poça de luz azulada.

É um liceu só de meninas. Os meninos estudam na capital. O liceu foi construído no alto e bem longe para preservar as meninas, para protegê-las do mal e das tentações da cidade grande. É que as jovens do liceu têm a promessa de bons casamentos e, para isso, precisam manter sua virgindade – ou, ao menos, não podem engravidar antes do casamento. O ideal é que conservem a virgindade. O casamento é algo sério. As internas do liceu são filhas de ministros, de militares de alta patente, de homens de negócios, de ricos comerciantes. O casamento das filhas é uma questão política para eles e as moças têm orgulho de si, elas sabem o valor que têm. Foi-se o tempo em que só a beleza contava. Como dote, as famílias recebem não apenas o gado ou os tradicionais jarros de cerveja, mas também algumas maletas cheias de notas e uma conta recheada no Banco Belgolaise, em Nairobi e em Bruxelas. Graças às filhas, essas famílias enriquecem, o poder do seu clã é fortalecido e a influência da linhagem se espalha. As jovens do liceu Nossa Senhora do Nilo sabem o quanto valem.

O liceu fica bem perto do rio Nilo. Na verdade, fica perto da nascente do rio. Para chegar lá, deve-se tomar uma estrada pedregosa que segue pelo alto da montanha. O caminho termina em um terreno plano onde os raros turistas que se aventuram por essas bandas estacionam seus Land Rovers. Uma placa indica "NASCENTE DO NILO -> 200 m" e dali sai uma trilha por uma subida íngreme que conduz a uma escarpa de onde jorra, entre duas pedras, um riacho. Primeiro, a água da nascente fica retida em um laguinho de cimento, depois ela forma uma minúscula cascata e cai num pequeno canal cujo rastro logo se perde por entre a grama da encosta e os arbustos do vale. À direita da nascente, construíram uma pirâmide com a inscrição: "Nascente do Nilo. Missão de Cock, 1924". A pirâmide não é muito alta: sem esforço, as meninas do liceu conseguem encostar em sua ponta que está rachada. Dizem que ela traz felicidade. Mas não é por isso que as moças visitam a nascente. Elas não vão a passeio, mas em peregrinação. Ali, colocaram uma estátua da Nossa Senhora do Nilo entre as pedras que ficam em cima da nascente. E a estátua fica debaixo de um abrigo feito de folha de metal. Na base, gravaram: "NOSSA SENHORA DO NILO, 1953". Foi o vigário apostólico quem decidiu erigir a estátua. O rei conseguiu que o papa consagrasse o país ao Cristo-Rei, mas o bispo preferiu consagrar o Nilo à Virgem Maria.

Até hoje alguns ainda se lembram da cerimônia de inauguração. A irmã Kizito, velha cozinheira já muito cansada, estava lá. Todos os anos, ela conta a história para as novas alunas. A cerimônia foi muito bonita, parecia com os festejos de Natal na igreja, ou a celebração do dia da festa nacional, no estádio.

O funcionário oficial da coroa enviou um representante, mas o administrador local também estava lá, com uma escolta de dez soldados. Um deles levava uma corneta, e o outro, uma bandeira belga. Também estavam presentes os chefes, subchefes e moradores de vilarejos próximos. Eles estavam acompanhados não só por suas mulheres e filhas, todas elas com penteados sofisticados feitos com pérolas, como também por dançarinos que agitavam suas crinas como leões valentes e, principalmente, por algumas vacas *inyambo* com longos chifres ornados com guirlandas de flores. A encosta ficou cheia de camponeses que se aglomeravam para poder assistir à solenidade. Já os brancos da capital não se arriscaram pela estrada perigosa que conduzia até a nascente. Só dava para ver o sr. de Fontenaille, agricultor que plantava café nas terras próximas ao liceu, sentado ao lado do administrador. Estávamos na estação seca, o céu estava completamente aberto e, acima das montanhas, não havia nenhuma poeira.

Esperamos durante muito tempo. Até que, finalmente, avistamos na estrada, lá no alto da montanha, um rastro preto de onde saía um murmúrio de preces e cânticos. Pouco a pouco, foi possível reconhecer o monsenhor vigário apostólico, pois ele trazia a mitra e o báculo. Parecia um dos Reis Magos que vemos nas imagens do catecismo. Os missionários vinham atrás dele e, como todos os brancos daquela época, usavam um chapéu de safári, mas eram todos barbudos e vestiam grandes capas brancas com um terço por cima. O grupo de crianças da Legião de Maria ia forrando o caminho com pétalas de flores amarelas. Depois era a vez da Virgem, que vinha carregada por quatro seminaristas de short e camiseta branca, sobre uma liteira de ripas de bambus trançados sobre a qual habitualmente as jovens casadas são levadas para a nova família, ou os mortos, para sua morada definitiva. Mas não dava para ver a Madona, pois ela estava enrolada com um véu azul e branco. Atrás dela, o "clero local" se acotovelava para passar e, em seguida, se via um estandarte com uma bandeira amarela e branca do papa, acompanhado por um grupo de alunas do catecismo que se espalhavam pelo declive para fora da trilha, apesar de as monitoras irem com um bastão à frente.

A procissão ocupou todo o vale onde ficava a nascente. Puseram a liteira com a Madona, ainda coberta pelo véu, perto do pequeno regato. O administrador foi até o monsenhor e fez um cumprimento militar. Eles trocaram algumas palavras enquanto o cortejo se organizava ao redor da nascente e da estátua, que fora colocada sobre um pequeno estrado um pouco mais alto. O monsenhor e dois missionários subiram os degraus. O bispo abençoou a multidão e, em seguida, virando-se para a estátua, pronunciou uma oração em latim. Os dois padres responderam e, então, o bispo fez um gesto para um dos assistentes que puxou, de repente, o véu da estátua. A corneta tocou, ergueram a bandeira e um longo rumor percorreu a multidão: as mulheres deram gritinhos que preencheram o vale, os dançarinos agitaram os guizos dos tornozelos. A Virgem que surgiu debaixo do véu parecia com a Virgem de Lurdes, como a que tinha na Igreja missionária, com o mesmo véu azulado, o mesmo cinto azul, o mesmo manto amarelado. Mas a Nossa Senhora do Nilo era negra, o rosto negro, as mãos negras, os pés negros, a Nossa Senhora do Nilo era uma mulher negra, uma africana e, por que não?, uma ruandesa. "A Isis voltou!", gritou o sr. de Fontenaille.

Movimentando energicamente um aspersório, o monsenhor vigário apostólico abençoou a estátua, abençoou a nascente, abençoou a multidão. Depois, pronunciou um sermão. Não foi possível compreender tudo. Ele falou sobre a Santa Virgem, que aqui teria o nome de Nossa Senhora do Nilo, e disse: "As gotas desta água benta vão se misturar à nascente do

Nilo e ao fluxo de outros córregos que se tornarão O Rio, e vão atravessar os lagos e os pântanos, rolar nas cachoeiras, desafiar as areias do deserto, molhar os claustros dos antigos monges, atingir os pés da esfinge assombrada, é como se essas gotas sagradas, benditas pela graça da Nossa Senhora do Nilo, pudessem batizar a África inteira e, esta África, tornada cristã, pudesse salvar o nosso mundo em perdição. Já posso ver as multidões vindas de todo o planeta para fazer sua peregrinação por estas montanhas para dar suas graças à Nossa Senhora do Nilo".

O chefe Kayitare, por sua vez, tomou a frente em cima do estrado e batizou sua vaca de Rutamu para oferecê-la à nova rainha de Ruanda. Ele fez uma prece à vaca e à Virgem Maria, dizendo que as duas dariam ao povo leite e mel em abundância. Os gritos de alegria das mulheres e os tinidos dos guizos aprovaram o presente tão auspicioso.

Alguns dias depois, os missionários foram até lá para construir uma plataforma entre as duas grandes pedras, por cima da nascente, onde puseram a estátua, sob um nicho feito de chapas de metal. A construção do liceu, a dois quilômetros dali, ocorreu bem mais tarde, já na época da independência.

O monsenhor esperava que a água benta se tornasse milagrosa, como a de Lurdes. Mas esperou em vão. Dizem que não acontece nada por ali. Só de vez em quando um curandeiro, ou envenenador, chamado Kagabo, aparece para encher seus pequenos jarros pretos em forma de tigela. Depois ele mistura com raízes das mais diversas formas, peles de serpentes transformadas em pó, tufos de cabelos de crianças nascidas mortas, sangue seco da primeira menstruação das meninas. Dizem que é para curar, ou para matar. Depende da situação.

Durante muito tempo as fotos da cerimônia de inauguração da estátua da Nossa Senhora do Nilo enfeitaram o longo corredor que servia de sala de espera aos pais das alunas que iam se reunir com a madre superiora. Agora, só resta uma foto, na qual se vê o monsenhor vigário apostólico abençoando a estátua. Das outras, sobraram apenas as marcas retangulares, um pouco mais pálidas que o resto da parede, deixadas atrás do sofá de madeira, duro, sem almofadas, no qual as alunas, quando convocadas pela terrível madre superiora, nem ousavam se sentar. Contudo, as fotos não foram destruídas. Um dia, Gloriosa, Modesta e Veronica tinham encontrado as relíquias ao limpar um canto da biblioteca onde os arquivos ficavam guardados. Elas descobriram as fotos debaixo de uma pilha de revistas e jornais velhos (*Kinyamateka*, *Kurerera Imana*, *L'Ami*, *Grands Lacs* etc.) e estavam amareladas e abauladas, algumas ainda com a placa de vidro quebrado. Numa foto, via-se o administrador fazendo um cumprimento militar diante da estátua enquanto, atrás dele, um soldado inclinava a bandeira belga. Em outra, estavam os dançarinos *intores* um pouco desfocados, pois o fotógrafo, inábil, quisera captar um salto prodigioso em pleno voo e, assim, a crina de sisal e a pele de leopardo ficaram envoltas por uma auréola fantasmagórica. Além disso, havia uma foto dos chefes e suas esposas, vestidos com grande pompa. Quase todos esses personagens importantes estavam riscados com caneta vermelha, e alguns outros tinham por cima um ponto de interrogação feito com caneta preta.

– As fotos dos chefes sofreram uma "revolução social" – disse Gloriosa, rindo. – Um risco de caneta, um golpe de marreta e pronto..., acabaram-se os tutsis.

– E as fotos com um ponto de interrogação? – perguntou Modesta.

– Devem ser os que conseguiram fugir! Mas agora que estão em Bujumbura ou em Kampala, os chefes perderam as vacas e também o orgulho. Agora eles bebem água na condição de párias, que foi o que se tornaram. Vou levar essas fotos, meu pai vai reconhecer quem são esses antigos "senhores do chicote".

Veronica ficou se perguntando quando seria a vez dela ser riscada com caneta vermelha na foto de turma que tiravam todos os anos no início das aulas.

As alunas do liceu Nossa Senhora do Nilo fazem a grande peregrinação em maio. O mês de Maria. O dia da peregrinação é um dia longo e bonito, e o liceu se prepara para ele com bastante antecedência. Rezam para que o tempo esteja bom. A madre superiora e o padre Herménégilde, capelão, estabelecem uma novena e todas as turmas devem se revezar na capela para pedir à Santa Virgem que, neste dia, ela capture todas as nuvens! Afinal, em maio, tudo é possível, as chuvas já podem ficar mais espaçadas, pois a estação seca se aproxima. O irmão Auxile passa um mês ensaiando os cânticos feitos em homenagem à Nossa Senhora do Nilo. O irmão Auxile é o "faz tudo": é ele que se debruça, quando preciso, sobre as entranhas oleosas do gerador elétrico e sobre os motores dos dois caminhões de abastecimento, é ele que pragueja, em seu dialeto de Gent, contra os mecânicos ou os motoristas, é ele que toca o órgão e dirige o coral. Os professores belgas e os três jovens professores franceses em sistema de cooperação foram convocados, com insistência, para participar da cerimônia. A madre superiora disse a eles que seria mais respeitoso se fossem de terno e gravata, que assim estariam mais de acordo com a solenidade do que com as calças de tecido grosseiro que eles chamavam de *jeans*, e que ela contava com uma atitude respeitosa da parte deles para dar um bom exemplo às alunas. A irmã intendente, que andava com um enorme molho de chaves tilintantes preso ao cinto de couro, foi ao estoque escolher as latas de conserva para o piquenique: carne enlatada, sardinhas ao óleo, geleias, queijo Kraft. O trabalho tomou boa parte da noite. Ela contou o número exato de engradados de Fanta Laranja para as alunas e algumas garrafas de cerveja Primus para o capelão, o irmão Auxile e o padre Angelo, missionário que trabalhava nas redondezas e também fora convidado. Para as irmãs ruandesas, professores e inspetores, a irmã intendente separou um garrafão de vinho de abacaxi, especialidade da irmã Kizito que guarda a sete chaves o segredo da receita.

É certo que, neste dia, ocorre uma missa interminável, com cânticos, preces e dezenas de rosários, mas o melhor de tudo são as gargalhadas das moças, gargalhadas que não têm mais fim, e o corre-corre desembestado de um lado para o outro e muita gente deslizando no mato da encosta. As irmãs Angélique e Rita, as duas inspetoras, perdiam o fôlego de tanto apitar e gritar: "Cuidado com as encostas!".

Na hora do piquenique, estendiam as esteiras no chão. Era bem diferente do clima no refeitório, aqui reinava a bagunça, todas podiam se sentar como queriam, se agachar, se esticar, se lambuzar de geleia. As inspetoras não podiam fazer nada, só erguer os braços aos céus. A madre superiora, a irmã Gertrude, a adjunta ruandesa da madre superiora, a irmã intendente, o padre Herménégilde e o padre Angelo se sentavam em cadeiras dobráveis. Os professores tinham direito a bancos, mas os franceses preferiam ficar na grama. A irmã Rita serve cerveja aos senhores: só mesmo uma ruandesa conhece as boas maneiras. E, como era de se esperar, a madre superiora recusa a cerveja Primus que oferecem a ela; a irmã intendente acaba fazendo a mesma coisa e se contenta com o vinho de abacaxi da irmã Kizito.

É raro ver algum peregrino se aproximar das alunas. A madre superiora busca afastar os inoportunos que, com a desculpa de sua "devoção", na verdade são atraídos para ver o espetáculo de tantas moças jovens reunidas. A pedido da madre, o prefeito do município de Nyaminombe, onde fica o liceu, mandou interditar o acesso à nascente. Até mesmo a esposa do ministro, que convidara algumas amigas para irem com ela em sua Mercedes admirar a religiosidade das moças, teve dificuldades em convencer o policial a abrir a cancela. Mas há um visitante que a madre superiora não consegue evitar: o sr. de Fontenaille, agricultor de café. As moças têm um pouco de medo dele, dizem que ele mora sozinho numa casa caindo aos pedaços. O cafezal está quase todo abandonado. Não se sabe se ele é um doido ou um feiticeiro branco. O sr. de Fontenaille manda cavar a terra para procurar ossadas e crânios. Seu jipe velho ignora o traçado das estradas e sai dirigindo pelas encostas da montanha, chacoalhando sem parar. Ele sempre chega no meio do piquenique e cumprimenta a madre superiora levantando o chapéu de safári com um gesto teatral que mostra sua cabeça raspada: "Por favor, aceite as minhas homenagens, reverenda Madre". A madre não consegue disfarçar a irritação: "Bom dia, sr. de Fontenaille, não esperávamos o senhor aqui. Por favor, não atrapalhe nossa peregrinação". "Assim como a senhora, estou aqui para honrar a Mãe do Nilo", responde o agricultor, dando as costas a ela. E, lentamente, contorna as esteiras onde as estudantes comem, às vezes se detém diante de uma, ajeita maquinalmente os óculos, observa-a com um meneio de cabeça e um ar satisfeito e esboça seu perfil em um caderninho. Sob o olhar imponente dele, a jovem abaixa a cabeça – como pede a boa educação –, mas algumas não conseguem evitar e acabam, furtivamente, dando a ele um sorriso gracioso. Por medo de provocar um escândalo ainda maior, a madre superiora não ousa intervir e apenas acompanha, apreensiva, o passo a passo do velho agricultor. Por fim, ele se dirige ao laguinho onde fica a água da nascente, e joga, nesta primeira água do Nilo, algumas pétalas vermelhas que tira de um dos inúmeros bolsos de sua roupa, depois ergue o braço três vezes na direção do céu, as mãos abertas, os braços afastados, pronunciando algumas palavras incompreensíveis. Assim que o sr. de Fontenaille chega ao estacionamento e o motor do jipe solta seus soluços, a madre superiora se levanta e ordena: "Minhas meninas, vamos entoar um cântico". As alunas cantam em coro, algumas delas olham de esguelha, com pesar, para a nuvem de poeira levantada pelo jipe que vai se dissipando.

Ao voltar ao liceu, Veronica abre um livro de geografia. Não é fácil acompanhar o curso do Nilo. Em primeiro lugar, não aparece o nome do rio, pois ele tem muitos nomes. Ele parece sair de muitos cantos. Ele se esconde em um lago, e torna a sair, ele vira um rio branco, ele se confunde com pântanos, ao lado dele tem um irmão que é Azul, e, no fim, é fácil, ele segue em frente, cercado pelo deserto, lambe os pés das imensas pirâmides, depois se espalha, se mistura, vira um delta e tudo vai acabar no mar que, pelo que dizem, é muito maior do que o Lago.

Veronica percebe que tem alguém por detrás dela se debruçando em cima do mapa.

– E, então, Veronica, está procurando o caminho de volta para casa, lá de onde veio sua família? Não se preocupe que eu vou pedir à Nossa Senhora do Nilo para fazer com que os crocodilos te levem até lá nas costas. Ou melhor, dentro da barriga.

Veronica vai ouvir para sempre aquela gargalhada de Gloriosa ecoando por todo canto, principalmente nos seus pesadelos.

## A VOLTA ÀS AULAS

Que deslumbrante o liceu Nossa Senhora do Nilo para quem vê de fora! A estrada que vai da capital até lá percorre um labirinto infindável de vales e colinas até acabar, quando menos se espera, num ziguezague íngreme pelas montanhas Ikibira (que os livros de geografia chamam, por falta de um nome melhor, de cadeia Congo-Nilo). É justo ali que está o imponente prédio do liceu: é como se os cumes tivessem se afastado para ele entrar no meio, na beira da encosta, de onde se pode ver, ao fundo, o lago cintilante. No topo da montanha fica o liceu reluzindo seu brilho para as alunas, ele é como o palácio iluminado dos seus sonhos inacessíveis.

A construção do liceu foi um espetáculo à parte, que não vai ser esquecido tão cedo em Nyaminombe. Para não perder nenhum detalhe, os homens desocupados abriam mão de sua cerveja nos bares, as mulheres voltavam mais cedo das plantações de ervilha e painço, e as crianças da escola missionária, no soar dos tambores que anunciavam o término da aula, saíam correndo, se acotovelando no meio da multidão que observava e comentava as obras, para ficar na primeira fileira. Os alunos mais agitados já tinham deixado a escola mais cedo para espreitar, no caminho, a nuvem de poeira que anunciava a chegada dos caminhões. Logo que o cortejo chegava na parte alta, eles corriam atrás dos veículos tentando se agarrar e pegar uma carona. Alguns conseguiam, outros caíam pelo caminho e, por pouco, não eram esmagados pelo caminhão seguinte. Em vão, os motoristas gritavam para afastar o enxame de imprudentes. Alguns chegavam a parar o veículo e a descer, os estudantes fugiam, o motorista fingia correr atrás deles, mas logo que o caminhão dava o arranque, o jogo recomeçava. Nos campos, as mulheres erguiam suas enxadas aos céus em sinal de impotência e desespero.

Todo mundo estava bastante surpreso de não ver pirâmides de tijolos fumegantes ou um cortejo de camponeses carregando tijolos na cabeça, como acontecia quando o *umupadri* pedia aos fiéis para construir uma nova sucursal da igreja, ou quando o prefeito convocava a população aos sábados para as obras comunitárias, como a ampliação de um centro hospitalar ou a sua própria casa. Em Nyaminombe havia um verdadeiro canteiro de brancos, um verdadeiro canteiro de verdadeiros brancos, com máquinas assustadoras com suas mandíbulas de ferro que revolviam e cavavam a terra, e caminhões que carregavam essas máquinas e faziam um barulho infernal e cuspiam cimento, e supervisores que, aos gritos, davam ordens em suaíli para os pedreiros, e havia até brancos supervisores, que nada mais faziam além de olhar as enormes folhas de papel que eles desenrolavam como os retalhos de tecido comprados nas lojas paquistanesas, e que ficavam loucos de raiva, cuspindo fogo pela boca, quando precisavam falar com os supervisores negros.

De todas as lendas que contam do canteiro de obras, a que ficou gravada na memória foi a história de Gakere, ou o caso Gakere. Sempre que contam essa anedota, todos riem. Ao fim de cada mês, era o dia de pagamento em Nyaminombe. Dia 30, um dia perigoso. Perigoso para os contadores, que ficavam expostos às reclamações dos assalariados. Perigoso para os trabalhadores, que sabiam que neste dia, o único dia que suas mulheres sabiam a data, elas não estariam no campo, mas esperariam os maridos na soleira da cabana para fazer as contas e pegar o dinheiro, prender o fino maço de notas com uma fita de folha de bananeira e guardá-lo em um pequeno jarro que elas escondiam debaixo da palha na cabeceira da cama. Dia 30 era o dia de todas as brigas e mal-entendidos.

As mesas dos contadores ficavam debaixo de lonas ou abrigos de palha e bambu. Gakere era contador, ele que pagava os trabalhadores. Ele era um antigo subchefe de Nyaminombe que fora "expulso", como tantos outros, por autoridades coloniais, para ser substituído por um subchefe hutu, que logo se tornaria prefeito. Contrataram Gakere pois ele conhecia todo mundo que trabalhava na obra, os que tinham sido contratados no local e não falavam suaíli. Para os outros, os pedreiros de verdade, os que vinham de outros lugares e falavam suaíli, os contadores eram enviados da capital. Todo mundo formava uma fila diante das mesas dos contadores, debaixo de Sol ou de chuva (chuva era mais frequente) e sempre havia gritos, confusão, controvérsias, protestos, recriminações. Os mais fortes, que tomavam conta do canteiro de obras, restabeleciam a ordem batendo nos resistentes para acalmá-los, o prefeito e os dois policiais não queriam se meter, e nem os brancos. Assim, Gakere se instalava debaixo do abrigo, com uma caixinha sob o braço. Ele se sentava na cadeira, colocava a caixinha em cima da mesa, abria a tampa e ela estava cheia de notas. Ele desdobrava lentamente uma folha com a lista de nomes dos que iriam receber e que esperavam, durante horas, debaixo de Sol ou de chuva. Ele começava a chamada: Bizimana, Habineza... O trabalhador avançava até a mesa, Gakere punha diante dele as poucas notas e moedas que lhe correspondiam, o trabalhador colocava o dedo sujo de tinta ao lado do seu nome e Gakere lhe dirigia algumas palavras enquanto marcava um x ao lado do seu nome. Durante um dia inteiro, Gakere voltava a ser o chefe que ele fora.

Mas, um dia, Gakere e sua caixinha debaixo do braço não foram mais vistos. Logo se soube que ele fugira com a caixinha cheia de dinheiro. Disseram que tinha ido para o Burundi, Gakere esperto, foi embora com o dinheiro dos *bazungus*, mas será que agora vamos ganhar nosso salário? Todo mundo admirava

Gakere e lhe queria bem: talvez ele não tivesse pego o dinheiro destinado às pessoas de Nyaminombe, deve ter dado um jeito de pegar o dinheiro de outra caixa. Acabaram pagando os trabalhadores mesmo assim. Ninguém mais quis bem a Gakere e não ouviram falar dele durante dois meses. Ele tinha abandonado a mulher e duas filhas. O prefeito interrogara as três, os policiais vigiavam o que elas faziam, mas elas não estavam a par dos projetos desonestos de Gakere. Corria um boato de que ele pretendia, com o dinheiro, arrumar uma nova mulher em Burundi, mais jovem e mais bonita. Até que ele chegou, com as mãos presas para trás e conduzido por dois militares, de volta a Nyaminombe. Ele não tinha conseguido chegar em Burundi, tinha ficado com medo de passar pela floresta de Nyungwe por causa dos leopardos, dos macacos enormes e, até mesmo, dos elefantes, que já não existiam há muito tempo. Gakere atravessara o país inteiro, a caixinha debaixo do braço. Em Bugesera, ele tinha tentado cruzar os grandes pântanos e se perdeu, Burundi estava tão perto, mas ele ficou andando em círculos entre os papiros, sem nunca conseguir chegar até a fronteira. É verdade também que não havia indicação de fronteira. Por fim, encontraram-no à beira do pântano, esgotado e magro, com as pernas inchadas. As notas tinham virado uma pasta esponjosa boiando dentro da caixinha cheia de água. Para servir de exemplo, penduraram-no durante um dia inteiro num poste que ficava na entrada do canteiro de obras. Ao passar por Gakere, os pedreiros não o insultavam nem cuspiam, só baixavam a cabeça, fingindo não vê-lo. A mulher e as duas filhas ficaram sentadas aos seus pés e, de vez em quando, uma delas levantava para secar o rosto dele ou lhe dar algo para beber. Ele foi julgado, mas não ficou muito tempo preso. Não o viram mais em Nyaminombe. Talvez, por fim, tenha ido a Burundi, com a mulher e as filhas, mas sem a caixinha. Alguns achavam que os *bazungus* tinham lançado um feitiço sobre as notas, e que essas notas malditas haviam feito o coitado andar em círculos e, por isso, ele nunca tinha conseguido chegar a Burundi.

O liceu é um prédio grande, de quatro andares, mais alto que os ministérios da capital do país. As alunas recém-chegadas do campo no começo não ousavam se aproximar das janelas do dormitório do quarto andar. "Parece que vamos dormir penduradas que nem os macacos", diziam. As veteranas e as moças da cidade zombavam delas e empurravam-nas até as janelas: "Olhem pra baixo", diziam, "vocês vão despencar e cair dentro do lago". Com o tempo, acabavam se acostumando. A capela, quase tão grande quanto a igreja missionária, também é de cimento, mas a sala de ginástica, o escritório da intendente, os ateliês e a oficina do irmão Auxile são de tijolo. Eles formam um pátio interno fechado por um muro onde tem um portão de ferro que faz um rangido sonoro quando fecha à noite ou abre pela manhã, rangido mais alto do que o sinal para dormir e acordar.

Um pouco afastadas dali, ficam algumas casinhas de um só andar chamadas de *villas* ou bangalôs, onde se hospedam os professores que estão em sistema de cooperação. Além dessas casinhas, há uma casa maior, chamada sempre de bangalô, reservada aos hóspedes notáveis, por exemplo, algum ministro que porventura venha, ou um bispo cuja visita é aguardada todos os anos. Às vezes hospedam turistas da capital ou europeus que vão para conhecer a nascente do Nilo. Entre as casas e o liceu, há um jardim com mato, canteiros de flores, bambuzais e, principalmente, uma horta, onde os jardineiros cultivam repolhos, cenouras, batatas, morango e, até mesmo, trigo. Os tomates plantados ali acabam esmagando, por serem pesadões, os *inyanyas*, pobres tomatinhos nativos. A irmã intendente adora mostrar aos hóspedes este pomar exótico, que tem também damasqueiros e pessegueiros, todos trazidos de fora e que, claramente, sentem saudades de seu clima de origem. A madre superiora vive repetindo que as alunas precisam se habituar à comida civilizada.

O muro de tijolo bem alto foi construído para desencorajar os inoportunos e os ladrões. E, à noite, os guardas armados com lanças fazem a ronda e tomam conta do portão de ferro.

Depois de um tempo, os moradores de Nyaminombe deixaram de prestar atenção no liceu. Agora ele é como os enormes rochedos de Rutare que parecem ter rolado da encosta da montanha e parado ali, não se sabe exatamente por que naquele lugar. Contudo, o canteiro de obras do liceu mudou bastante o funcionamento das coisas no município. Logo instalaram cabanas ao redor dos acampamentos dos pedreiros: comerciantes, que antes ficavam perto da missão, e outros que tinham vindo não se sabe de onde, lojas que vendiam, como em todas as lojas, cigarros a varejo, óleo de palma, arroz, sal, queijo Kraft, margarina, óleo para as lâmpadas, cerveja de banana, cerveja Primus, Fanta Laranja e, de vez em quando, mas nem sempre, pão... Havia também bares, que chamavam de "hotéis", em que se comia espeto de carne de cabra com banana assada e feijão, e choupanas para as mulheres livres, que envergonhavam o vilarejo. Quando o canteiro acabou, a maioria dos comerciantes foi embora e todas as mulheres livres também, mas sobraram três bares, duas lojas e um alfaiate: eles passaram a formar um novo vilarejo à beira da estrada para o liceu. Até o mercado, que tinha se deslocado para perto das barracas dos trabalhadores, ficou junto das lojas.

Mas ainda tinha uma ocasião que atraía os curiosos e desocupados de Nyaminombe para o liceu Nossa Senhora do Nilo. Era o domingo da volta às aulas, em outubro, no fim da estação seca. Todos se espremiam às margens da estrada para admirar o desfile de carros que levavam as alunas. Passavam Mercedes, Range Rovers, jipes militares imensos, com motoristas irritados que buzinavam, fazendo gestos de ameaça enquanto tentavam ultrapassar os táxis, caminhonetes, micro-ônibus cheios de adolescentes, todos subindo com dificuldade a última encosta.

As estudantes desembarcavam, uma a uma, diante da pequena multidão que era mantida à distância das grades da entrada, vigiadas por dois policiais municipais e pelo próprio prefeito. Um rumor percorreu os espectadores quando Gloriosa, que vinha entre a mãe e Modesta, desceu da Mercedes preta com vidro fumê. "Ela é a cara do pai", comentou o prefeito que tinha estado com este homem importante em uma reunião do partido, "e ela faz um bom uso do nome que seu pai lhe deu, Nyiramasuka, A-mulher-da-enxada", e repetiu o comentário bem alto para os militares ouvirem e espalharem a onda de admiração. Pela estatura imponente, é certo que Gloriosa se parecia com o pai: as colegas chegaram apelidá-la, sem que ela soubesse, de Mastodonte. Ela usava uma saia azul-marinho que cobria, quase por inteiro, sua panturrilha musculosa e uma camisa branca abotoada até o pescoço, que mal continha seus seios generosos. Óculos grossos e redondos confirmavam a autoridade incontestável do olhar. O padre Herménégilde abandonou as novas alunas do primeiro ano, que estavam sob a sua responsabilidade, para ordenar aos dois empregados do liceu que pegassem as malas que o motorista de Gloriosa carregava, vestido de camisa de manga curta com botões dourados. Depois, o padre se dirigiu com pressa às recém-chegadas e, antecipando-se à irmã Gertrude que cuidava da recepção de todos, cumprimentou mãe e filha com os abraços habituais, perdendo-se em inúmeras fórmulas de boas-vindas próprias da educação ruandesa. Ele foi logo interrompido pela mãe de Gloriosa com a desculpa de que ela precisava ir falar com a madre superiora a fim de ir embora para a capital o quanto antes pois lhe aguardava um jantar na casa do embaixador da Bélgica, ela tinha certeza de que sua filha receberia no liceu Nossa Senhora do Nilo a educação democrática e cristã que convinha à elite feminina deste país que há pouco fizera a revolução social que o livrara das injustiças feudais.

Gloriosa disse que ficaria na entrada, ao lado da irmã Gertrude, sob a bandeira da República, para recepcionar as colegas do último ano e anunciar que uma primeira reunião do comitê presidido por ela aconteceria no dia seguinte, no refeitório, depois do estudo. Modesta disse que ficaria ao lado da amiga.

Pouco tempo depois, Goretti também fez uma entrada notável. Ela ficou de pé atrás de um enorme veículo militar com seis enormes pneus dentados que impressionaram o público. Dois soldados uniformizados a ajudaram a descer, chamaram os empregados para pegar bagagens e se despediram da passageira fazendo um cumprimento militar. Goretti tentou abafar o quanto pôde o entusiasmo de Gloriosa:

– Você sempre age como se fosse uma ministra – disse discretamente.

– E você, como se fosse primeira-ministra – replicou Gloriosa – mas trate de passar logo pelo portão, no liceu só se fala francês, e lá poderemos, enfim, entender o que dizem as pessoas de Ruhengeri.

Enquanto o Peugeot 404 subia a última ladeira, Godelive reconheceu, enrolada em um pano, Immaculée, e fez o carro parar imediatamente. A colega vinha a pé, seguida por um menino todo esfarrapado que carregava sua mala na cabeça.

– Immaculée! O que aconteceu? Entre aqui rápido. O carro do seu pai quebrou? Você veio andando da capital até aqui?

Immaculée tirou seu pano e se instalou ao lado de Godelive enquanto o motorista guardava a mala. O pequeno carregador bateu no vidro para pedir um trocado e Immaculée lançou a ele uma moedinha.

– Não conta para ninguém, foi meu namorado que me trouxe de moto. Ele tem uma moto enorme, é a maior moto de Kigali, talvez seja a maior de Ruanda. Ele tem muito orgulho da sua moto, e eu tenho orgulho de namorar um cara que tem a maior moto do país. Eu subo na garupa e a gente vai pelas ruas na maior velocidade, a moto rugindo feito um leão. Todo mundo entra em pânico e sai correndo, as mulheres derrubam seus cestos e jarros, meu namorado se diverte. Ele prometeu que vai me ensinar a dirigir a moto. E eu vou andar ainda mais rápido. Ele me disse que ia me levar ao liceu de moto e eu aceitei. Fiquei com um pouco de medo, mas foi emocionante. Meu pai estava em Bruxelas numa viagem de negócios, então disse à minha mãe que viria com uma amiga. Ele me trouxe até a última curva. Já imaginou o escândalo que seria se a madre superiora me visse chegando de moto! Me mandariam de volta para casa. Mas olha o meu estado, estou toda suja de poeira vermelha, estou horrível. Vão pensar que meu pai não tem mais carro, que eu vim de Toyota, no meio das cabras e das bananas, na companhia de camponeses que carregam os filhos nas costas. Que vergonha!

– Você vai tomar um banho e, depois, com os produtos que traz na mala, vai ficar novinha em folha.

– Você tem razão, consegui encontrar uns cremes para clarear a pele, não o Vênus de Milo que tem aqui no mercado, mas cremes americanos, tubos de Cold Cream, sabonetes verdes antissépticos, foi minha prima que comprou em Matonge, um bairro em Bruxelas. Vou te dar um tubo.

– E o que eu vou fazer com ele? Algumas pessoas são bonitas, ou acreditam na beleza; outras, não.

– Você parece tão triste, não está contente com a volta às aulas?

– Por que eu estaria contente? Sempre tiro as piores notas, aqui os professores têm pena de mim, não vocês, minhas amigas queridas. Só venho porque meu pai quer que eu continue. Ele espera que eu consiga, com o diploma, me casar com um banqueiro como ele. Mas além disso ele também tem um outro projeto.

– Coragem, Godelive, é o último ano e depois você vai se casar com um grande banqueiro.

– Não zombe de mim, talvez eu tenha uma surpresa, uma grande surpresa!

– Posso saber qual?

– Claro que não, afinal, é surpresa.

Gloriosa recebeu Godelive e Immaculée com desdém e lançou um olhar de desprezo para a calça justa e a camisa com um largo decote de Immaculée. Ela percebeu que a outra estava coberta de poeira, mas desistiu de saber o motivo, e não deu a menor atenção para Godelive.

– Espero que vocês duas possam ser verdadeiras militantes este ano – disse ela em voz baixa, ao contrário do ano passado. Nossa República precisa de muito mais do que vaidade e um pai banqueiro.

Immaculée e Godelive fizeram uma cara de que não tinham entendido.

Conduzidas pelo padre Herménégilde, o grupo tímido das novas alunas cruzou o portão sob o olhar indagador de Gloriosa:

– Você está vendo, Modesta – suspirou ela – o regime anterior deixou alguns resquícios no Ministério. Eles são muito flexíveis com as cotas. Se contei bem, e olha que contei só as que conheço, as que tenho certeza, esse número está bem além da porcentagem combinada. É uma nova invasão! Para que terá servido a revolução social dos nossos pais se deixarmos as coisas como estão? Vou fazer uma denúncia ao meu pai. Mas acho também que nós temos de controlar as coisas, e, desta vez, acabar com os parasitas. Já falei com o Escritório da Juventude Militante Ruandesa, eles são da mesma opinião. Eles me escutam. Não foi à toa que meu pai me deu este nome, Nyiramasuka.

Desde que o liceu começou suas atividades, nunca tinham visto em Nyaminombe um carro como o que levou Frida. Era um carro baixo, muito comprido, de um vermelho vivo, com uma capota que dobrava e desdobrava sem ninguém encostar nela. O carro tinha apenas dois lugares. O motorista e o passageiro ficavam esticados nos bancos como se estivessem numa cama. Ele fazia um barulho de trovão e arrancava, deixando atrás de si um redemoinho de poeira vermelha. Por um momento, acharam que o carro ia derrubar o portão e atropelar a irmã Gertrude, Gloriosa e Modesta, mas ele parou, fazendo um ruído infernal, bem na frente do mastro da bandeira.

Um homem bem mais velho, usando terno completo e um colete florido, óculos escuros com a armação dourada, cinto e sapatos de couro de crocodilo, desceu do carro, foi abrir a porta para Frida e a ajudou a se levantar do banco no qual estava afundada. Frida alisou o vestido que se armou, enorme como um guarda-chuva e de um vermelho tão vivo quanto o do carro. Dava para imaginar, por baixo do mínimo lenço de seda púrpura, seus cabelos brutalmente alisados, armados e engomados, que brilhavam ao Sol como o asfalto usado para cobrir, recentemente, algumas ruas de Kigali.

Ignorando Gloriosa e Modesta, o condutor do carrão se dirigiu à irmã Gertrude:

– Sou Sua Excelência Jean-Baptiste Balimba, embaixador do Zaire. Tenho uma reunião com a madre superiora. Conduza-me já até ela.

A Irmã Gertrude, chocada por alguém lhe falar nesse tom e, pior, em suaíli, hesitou por um instante, mas vendo que o homem parecia decidido a forçar a passagem e cruzar o portão mesmo sem permissão, resignou-se a lhe atender.

– Aguarde-me no hall – disse ele a Frida – vou resolver isso e não demoro.

Gloriosa se afastou ostensivamente do portão e foi até um grupo de nove alunas do último ano que desciam do micro-ônibus.

– Aí está a nossa cota – disse ela ao ver chegar uma caminhonete que parecia se curvar pelo peso de uma pirâmide vacilante de barris e caixas de papelão mal-arrumadas. – Está vendo, Modesta, nada vai impedir que os tutsis façam o seu tráfico: mesmo quando levam as filhas para a aula, fazem questão de lucrar. Eles deixam as mercadorias na loja de Nyaminombe, mas quem é o dono da loja? É um tutsi, claro, parece que é um parente distante do pai de Veronica, comerciante em Kigali. E essa aí, a Veronica, se acha mais bonita que as outras, vai acabar vendendo a si mesma. E Virginia, sua amiga, a queridinha dos professores brancos, se considera a mais inteligente. Você conhece o nome dela? Mutamuriza, Não-a-faça-chorar! Juro para você que vou desmentir esse nome. A cota funciona assim: de vinte alunas, duas são tutsis. Por causa delas, tenho amigas que são ruandesas de verdade, do povo majoritário, do povo da enxada, que não conseguiram vaga na escola secundária. Meu pai vive repetindo que um dia a gente tem de se livrar dessas cotas, foi uma história inventada pelos belgas!

Modesta tinha acompanhado o discurso de Gloriosa, expressando aprovação, mas quando Gloriosa começou a abraçar Veronica e Virginia não só com educação, mas também com força, ela se manteve à distância. Quando as duas tutsis se afastaram, Gloriosa disse:

– Os abraços apertados servem para sufocar essas serpentes mas, você, Modesta, tem medo de ser confundida com as suas meias-irmãs... E é verdade que você se parece com elas, mas, apesar de tudo, tenho que aguentar você do meu lado.

– Você sabe muito bem que eu sou sua amiga.

– É melhor para você que continue sendo minha amiga – disse Gloriosa rindo alto e forte.

Ao anoitecer, o sinal tocou e o portão fez um rangido ao se fechar: era o anúncio solene do início do ano escolar. As inspetoras já haviam conduzido as jovens para os respectivos dormitórios. As alunas do último ano tinham direito a alguns privilégios. O dormitório delas era dividido em alcovas para garantir, a cada uma, certa intimidade. Era uma intimidade relativa, pois as camas, chamadas de "quartos", ficavam separadas do corredor onde a inspetora fazia a ronda por apenas uma leve cortina verde que a irmã podia abrir a qualquer momento. Mesmo que tratada pela madre superiora como um exemplo de progresso e emancipação, alcançado pelas alunas graças à educação concedida pelo liceu Nossa Senhora do Nilo, essa divisória das camas não era apreciada por todas. Elas não podiam mais ficar cochichando tagarelices com as vizinhas de cama até cair no sono. Além do mais, perguntavam-se elas, as meninas podem dormir sozinhas? Em casa, as mães cuidavam para que pequenas dividissem suas camas ou esteiras com as grandes. Seriam mesmo irmãs se não dormissem abraçadas umas às outras? E para serem amigas de verdade, não precisavam fazer confissões compartilhando a mesma esteira? Elas achavam difícil pegar no sono na solidão da alcova e ficavam espreitando, por detrás da divisória, a respiração das vizinhas, para poderem se acalmar um pouco. No dormitório das alunas do segundo ano, a irmã Gertrude reiterou que as internas não deveriam aproximar as camas: "Aqui, disse ela, estamos no liceu e não em casa. Dormimos sozinhas, cada uma em sua cama, como pessoas civilizadas".

Ordenaram que as alunas vestissem o uniforme e fossem em fila, de duas em duas, para a capela, onde a Madre superiora e o padre Herménégilde fariam um discurso de boas-vindas. Elas se sentaram nos bancos da capela, as que ainda não tinham uniforme ou que haviam esquecido em casa foram relegadas aos bancos do fundo.

A madre superiora e o padre Herménégilde saíram de trás do altar, fizeram uma genuflexão diante do tabernáculo e se viraram para as alunas. Ficaram durante um tempo em silêncio. O padre Herménégilde lançou um sorriso paternal na direção das alunas novas que ocupavam a primeira fila.

Por fim, a madre superiora tomou a palavra. Deu as boas-vindas a todas as alunas e, especialmente, às que estavam entrando no liceu. Lembrou que o objetivo do liceu era formar a elite feminina do país, as que tinham a sorte de estar ali na frente dela se tornariam modelos para todas as mulheres de Ruanda: não apenas boas esposas e boas mães, mas também boas cidadãs e boas cristãs, já que uma coisa dependia da outra. As mulheres também tinham um papel importante a desempenhar na emancipação do povo ruandês. E eram elas, as alunas do liceu Nossa Senhora do Nilo, as escolhidas para tomarem a dianteira no avanço das mulheres. Mas, enquanto esperavam para ser o motor do progresso, lembrou ela com veemência, era preciso que obedecessem ao pé da letra as normas do liceu. A menor infração seria punida com severidade. Ela ainda queria chamar atenção para um ponto: dentro dos limites do liceu, a única língua que deveria ser falada era o francês, com exceção, é claro, das aulas de kinyarwanda, mas apenas em aula poderiam usá-la. Ao lado dos futuros maridos, que ocupariam cargos altos (aliás, elas próprias também poderiam ocupar cargos altos, não?), a língua a ser usada era o francês. E, atenção, era preciso banir absolutamente, em um liceu que tinha o nome da Virgem, qualquer palavra em suaíli, língua deplorável falada pelos seguidores de Maomé. Ela desejava a todas um excelente ano, com muitos estudos, e clamava a bênção da Nossa Senhora do Nilo.

O padre Herménégilde fez um discurso longo, e um pouco confuso, que destacava que o povo da enxada, desbravador das imensas florestas de Ruanda até então impenetráveis, tinha, finalmente, se libertado dos novecentos anos de dominação camita. Ele próprio, que era na época da revolução um humilde padre do clero local, tinha contribuído, é claro que bem modestamente, mas esta noite podia confidenciar sua contribuição à revolução social que abolira a servidão e o trabalho forçado. Embora não tenha feito parte dos que assinaram o Manifesto Hutu, de 1957, ele era, sem se gabar, um dos principais inspiradores: as ideias e as reivindicações expostas ali eram dele. Por fim, convidou todas essas moças belas, jovens e promissoras, que estavam ali ouvindo-o e que um dia se tornariam grandes damas, a se lembrarem sempre da raça à qual pertenciam, a raça majoritária, a única autóctone e...

A madre superiora, um pouco assustada com aquele fluxo de eloquência, interrompeu o orador com o olhar:

– ...E agora, disse o padre Herménégilde, gaguejando, vou lhes dar a bênção e pedir a proteção da Nossa Senhora do Nilo que vela por nós tão de perto, na nascente do grande rio.

A semana da volta às aulas quase sempre coincidia com a chegada da chuva. Quando demorava a chover, o padre Herménégilde pedia às alunas para irem, no domingo após a missa, oferecer flores à Nossa Senhora do Nilo. As alunas colhiam as flores, sob o olhar preocupado da irmã intendente que temia ver seus canteiros devastados, e depois iam colocar os ramalhetes ao pé da estátua, diante da nascente que nunca secava. Quase sempre, essa peregrinação era desnecessária. Um trovão com um forte estrondo se propagando sem fim do vale até o lago marcava a chegada da estação chuvosa. O céu, mais escuro que o fundo de uma panela velha, despejava as cataratas que as crianças de Nyaminombe celebravam alegremente gritando e dançando.

Para as alunas do último ano, a rotina do liceu não era mais um mistério. Elas não se assustavam mais com os barulhos que acordavam o liceu: o rangido do portão se abrindo, o toque do sinal do liceu, os apitos das inspetoras que percorriam os dormitórios repreendendo as que demoravam a sair da cama. Godelive era sempre a última a se levantar, ficava choramingando que queria ir embora do liceu, que ela não era feita para os estudos. Modesta e Immaculée a encorajavam, repetindo que as férias de Natal já se aproximavam, que aquele era o último ano, e acabavam tirando-a da cama à força. Elas tinham de tirar a camisola depressa, enrolar-se em uma das grandes toalhas brancas que a irmã intendente distribuíra na volta às aulas prendendo-a debaixo da axila, correr para o banheiro e se atropelar para encontrar uma das torneiras (o chuveiro era para a noite). Graças ao seu tamanho, Gloriosa era a primeira a conseguir se inclinar para a água que jorrava, mas em qualquer situação seria preciso lhe dar lugar. Depois de fazer a higiene, sobrava pouco tempo para passar o vestido azul do uniforme e ir ao refeitório comer mingau com chá. Virginia engolia de olhos fechados, esforçando-se para pensar no delicioso *ikivuguto*, leite batido que a mãe dela preparava todos os dias durante as férias.

Ela afastava a xicrinha de açúcar que as outras disputavam com violência, mesmo as que tinham um estoque de açúcar para encher metade de suas xícaras fazendo uma papa açucarada. Para Virginia, o açúcar tinha um gosto amargo horrível. Nas montanhas era muito raro ter açúcar. Até entrar no sexto ano, Virginia nunca tinha visto na vida tanto açúcar quanto o que tinha na xícara de café da manhã em cada mesa do refeitório. Virginia pensava em suas irmãs mais novas. Se ao menos ela pudesse levar para elas o conteúdo da xicrinha! E imaginava como elas ficariam com o contorno dos lábios brancos de açúcar. Virginia decidiu pegar discretamente algumas pitadas do pó valioso que enchia a xicrinha, mas não era nada fácil. Guloseima muito cobiçada, o açúcar ficava sob alta vigilância. Além disso, como ela era tutsi, a xícara vinha por último e quase vazia. Com todo o cuidado, ela recolhia em sua colherzinha o que sobrava e, em vez de colocar na tigela, ela jogava os grãos de açúcar, discretamente, o mais rápido possível, em um dos bolsos do uniforme. Toda noite, esvaziava o bolso. No final do trimestre, ela tinha conseguido encher metade de um envelope. Mas Dorothée, sua vizinha de mesa, surpreendera a manobra. Na véspera das férias, ela disse:

– Você é uma ladra, vou contar o que eu vi.

– Eu não sou uma ladra!

– É, sim, você rouba açúcar todas as manhãs e acha que eu não estou vendo. Durante as férias, você vai vender o açúcar roubado no seu vilarejo, no campo, no mercado.

– Vou levar para as minhas irmãs mais novas pois não tem açúcar no campo. Por favor, não me denuncie.

– Bom, a gente pode conversar. Você é a melhor aluna em francês. Se você fizer a minha próxima redação, não conto nada.

– Deixe eu levar açúcar para as minhas irmãs.

– Só se você fizer as minhas redações até o fim do ano.

– Eu faço. Juro que faço, até o fim do ano.

O professor se surpreendeu com o progresso repentino de Dorothée. Ele suspeitou que houvesse alguma trapaça, mas desistiu de averiguar. A partir daí, Dorothée passou a ter as melhores notas em francês.

O sinal tocou outra vez. As aulas iam começar. Francês, matemática, religião, higiene, história-e-geografia, educação física, esporte, inglês, kinyarwanda, costura, francês, culinária, história-e-geografia, física, higiene, matemática, religião, inglês, costura, francês, religião, francês...

Os dias iam passando, as aulas iam e vinham, umas depois das outras.

No corpo docente do liceu Nossa Senhora do Nilo, só havia duas ruandesas: a irmã Lydwine e, evidentemente, a professora de kinyarwanda. A irmã Lydwine era professora de história-e-geografia, mas ela fazia uma distinção clara entre as duas disciplinas: segundo ela, a história se referia à Europa, a geografia, à África. A Irmã Lydwine era apaixonada pela Idade Média. Em suas aulas, só havia fortalezas, calabouços, seteiras de muralhas, mata-cães, pontes levadiças, guaritas... Os cavaleiros abençoados pelo papa partiam em cruzada para libertar Jerusalém e massacrar os sarracenos. Outros se enfrentavam com lanças, lutando pelo amor de damas de belos olhos e chapéus pontudos. A Irmã Lydwine contava a história de Robin Hood, de Ivanhoé, de Ricardo Coração de Leão. "Eu vi todos no cinema!", dizia Veronica. "Por favor, fique quieta", irritava-se a irmã Lydwine, eles viveram há muito tempo, quando seus antepassados ainda nem tinham chegado em Ruanda. Para a África, não havia história, pois os africanos não sabiam ler nem escrever antes de os missionários trazerem as escolas para cá. Além disso, foram os Europeus que descobriram a África e a colocaram na história. E, se houve reis em Ruanda, seria melhor esquecê-los, pois hoje em dia vivíamos em uma República. Na África, havia montanhas, vulcões, rios, lagos, desertos, florestas e até algumas vilas. Bastava decorar os nomes e saber situá-las no mapa: Kilimandjaro, Tamanrasset, Karisimbi, Tombouctou, Tanganyika, Muhabura, FoutaDjalon, Kivu, Ouagadougou... Mas, bem no meio do continente, tinha uma espécie de enorme fenda e, um dia, revelava a irmã Lydwine abaixando o tom de voz e lançando olhares desconfiados na direção do corredor, um dia a África se partiria em dois, um dia Ruanda ficaria à beira-mar, ela só não sabia especificar em qual parte do continente, se à esquerda ou à direita. Para o desespero da irmã Lydwine, toda a turma caía na gargalhada, os brancos sempre inventavam essas histórias para boi dormir, histórias para amedrontar os pobres africanos.

O professor de matemática era o sr. Van der Putten. As alunas nunca o tinham ouvido pronunciar nenhuma palavra de francês. Ele só se comunicava com a turma por meio de números (números franceses, isso ele não podia driblar), cobrindo o quadro com fórmulas algébricas ou desenhando, com giz de todas as cores, figuras geométricas. Por outro lado, ele tinha longas conversas com o irmão Auxile em um dialeto que, sem dúvida, era de alguma tribo belga. Mas quando ele se dirigia à madre superiora, parecia usar um dialeto diferente. A madre superiora, visivelmente incomodada, respondia-lhe em francês, separando as sílabas. O sr. Van der Putten se afastava resmungando, em seu dialeto incompreensível, palavras que talvez não fossem tão grosseiras quanto pareciam para quem as ouvia.

Obviamente as aulas de religião eram de responsabilidade do padre Herménégilde. Ele demonstrava, por meio de provérbios, que os ruandeses sempre tinham adorado um Deus único que se chamava Imana, e que parecia ser irmão gêmeo de Javé, dos Hebreus da Bíblia. Os antigos ruandeses eram cristãos sem saberem e estavam só aguardando, impacientes, a chegada dos missionários para batizá-los. Porém, o diabo veio perverter a inocência deles. Sob a máscara de Ryangombe, ele conduzia os ruandeses em orgias noturnas em que demônios inomináveis possuíam seus corpos e almas, fazendo-os proferir discursos obscenos e cometer atos que a decência lhes proibia de realizar na frente de moças jovens e castas. O padre Herménégilde se benzia várias vezes ao pronunciar o nome maldito Ryangombe.

Como era feliz o professor que tinha a sorte de dar aulas em Ruanda! Em nenhum outro lugar, as alunas eram mais calmas, dóceis nem mais atentas que as alunas ruandesas. O liceu Nossa Senhora do Nilo ilustrava perfeitamente esta norma geral, com exceção de uma aula em que reinava, senão uma arruaça, ao menos certa agitação: a aula da Miss South, professora de inglês. É verdade que as alunas não entendiam por que eram obrigadas a aprender uma língua que não se falava em nenhum lugar em Ruanda, ainda que talvez pudéssemos ouvi-la em Kigali, na casa dos paquistaneses recentemente emigrados de Uganda ou (e isso mostrava bem que tipo de língua era) na casa de pastores protestantes que, como repetia o padre Herménégilde, proibiam as preces para a Virgem Maria. O porte físico e o comportamento da Miss South não ajudavam muito a tornar a língua de Shakespeare atraente. Ela era uma mulher grande, ríspida e fria, com cabelos curtos, exceto por uma longa franja que batia em seus óculos redondos, contra a qual ela lutava em vão. Ela usava sempre uma saia plissada azul, já desbotada, e uma camisa com flores malvas abotoada até o pescoço. Depois de entrar na sala com muito estrondo, ela jogava sobre a mesa uma bolsa de couro gasto, de onde tirava folhas que distribuía para toda a turma, titubeando e esbarrando nas carteiras. As alunas a olhavam fixamente, com os rostos apoiados na mão direita, só esperando que ela caísse, o que não acontecia nunca. Durante a aula, ela recitava mais do que lia a folha com o texto, fazendo em seguida a turma repetir em coro o que ela tinha acabado de dizer. As alunas se perguntavam em voz alta se ela era cega, louca ou se estava bêbada. Frida achava que ela estava bêbada: os ingleses, garantia ela, bebem o dia inteiro doses de bebidas alcoólicas bem fortes, mais fortes que o *urwarwa*, bebem Johnny Walker, bebida que seu amigo embaixador lhe dera para provar e fez com que ela quase perdesse a cabeça. Às vezes Miss South tentava fazer a turma cantar:

*My bonnie lies over the ocean*
*My bonnie lies over the sea...*

Mas a cacofonia era tamanha que o professor da sala ao lado vinha correndo tentar restabelecer um pouco de silêncio. Enfim, suspiravam as alunas!

Este era o terceiro ano que o liceu Nossa Senhora do Nilo tinha professores franceses. Ao receber uma carta do ministério anunciando que o liceu receberia três professores franceses em sistema de cooperação, a madre superiora ficou muito preocupada e foi compartilhar suas apreensões com o padre Herménégilde. Eles teriam de lidar com jovens, algo que ela temia, e inexperientes, pois a carta dizia que eles eram, segundo uma dessas expressões bizarras que os franceses costumam inventar, "voluntários do serviço nacional ativo".

– Bom – concluía a madre superiora – são jovens que não quiseram fazer o serviço militar em seus países, são antimilitaristas e talvez tenham objeção moral ao serviço militar. Só faltava serem também Testemunhas de Jeová! Não é um bom presságio. Padre Herménégilde, o senhor sabe o que aconteceu na França não faz muito tempo: estudantes na rua, greves, manifestações, rebeliões, barricadas, a revolução! Precisamos ficar de olho nesses senhores, vigiar de perto o que dizem em aula, para que não venham semear a subversão e o ateísmo no espírito de nossas alunas.

– Não podemos fazer nada – respondeu o padre Herménégilde. – Se eles enviarem esses franceses, teremos de lidar com uma questão política, de diplomacia. Nosso pequeno país precisa ampliar suas relações, afinal, só temos diálogo com a Bélgica...

Os dois primeiros franceses chegaram ao liceu num carro da embaixada e deixaram a madre superiora um pouco mais calma. É certo que nenhum dos dois usava gravata e, detalhe preocupante, um deles trazia um violão na bagagem. Mas eles pareciam educados, tímidos e um pouco aturdidos por serem transplantados, tão de repente, para as profundezas da África, no meio dessas montanhas perdidas num país que, até o momento, eles ignoravam o nome. "O sr. Lapointe, explicou um pouco vagamente o conselheiro cultural, quis vir por seus próprios meios. Ele deve chegar antes do anoitecer ou, no mais tardar, amanhã."

O terceiro francês chegou, de fato, na manhã seguinte, na traseira de um Toyota e, gentilmente, ele ajudou as mulheres que carregavam seus bebês nas costas a descer do veículo. Como se fosse um veículo oficial, os guardas do liceu abriram o portão, que fez o seu rangido habitual. Era a segunda hora de aula e as alunas, ao menos as que se sentavam perto das janelas, viram entrar no pátio um homem jovem bem alto e bem magro, vestindo uma calça jeans totalmente desbotada e uma camisa cáqui um pouco aberta deixando ver o peito peludo, e que trazia como bagagem apenas uma mochila ornada com vários escudos. Mas o que surpreendeu as alunas que tiveram a chance de vê-lo, e arrancou delas um gritinho de surpresa, fazendo com que todas as outras se levantassem também, apesar dos protestos dos professores, foi o cabelo dele, uma cabeleira loura e espessa, que caía em um fluxo ondulado até a metade das costas.

– Ora, é uma moça – disse Godelive.

– Não é, não, você viu de frente, ele é um homem – respondeu Frida.

– É um hippie – explicou Immaculée. – Agora, nos Estados Unidos, os jovens são todos assim.

A irmã Gertrude foi correndo avisar a madre superiora.

– Ai, meu Deus, minha madre, o francês chegou!

– Ah, o francês? Mande-o entrar.

– Ai, meu Deus, o francês! Minha madre Reverenda, a senhora vai ver!

A madre superiora precisou de um grande esforço para conter seu horror ao ver o novo professor entrando no escritório.

– Sou Olivier Lapointe – disse, displicente, o francês. – Fui designado para este lugar. É aqui o liceu Nossa Senhora do Nilo, não?

A madre superiora, transtornada de indignação, não soube o que responder e, para tentar recuperar o sentido, contentou-se em confiá-lo à irmã Gertrude:

– Irmã Gertrude, conduza este senhor ao quarto.

*Kanyarushatsi*, como as alunas o chamaram, o Cabeludo, ficou confinado em seu bangalô durante duas semanas. Disseram a ele que estavam terminando de ajustar o cronograma das aulas. Quase todos os dias, uma delegação enviada pela madre superiora – o padre Herménégilde, a irmã Gertrude, a irmã Lydwine, os professores belgas, seus compatriotas e, por fim, a própria madre superiora – tentavam, sob o pretexto de uma visita cortês, persuadi-lo a cortar o cabelo. O Cabeludo estava disposto a fazer todas as concessões: usar camisa e gravata, vestir uma calça correta. Mas, quanto ao seu cabelo, ele era intransigente.

Propuseram a ele de cortar ao menos até a nuca. Ele recusou abertamente. Ele não deixaria ninguém encostar um dedo nele. Seu cabelo longo era seu único orgulho, a obra-prima de sua juventude, toda sua razão de viver, não desistiria dele por nada no mundo.

A madre superiora bombardeou o ministério com cartas desesperadas. A cabeleira vergonhosamente longa do professor francês ameaçava toda a moral cívica e cristã e colocava em risco a elite feminina ruandesa. O ministério escreveu uma carta envergonhada ao embaixador da França e ao seu conselheiro cultural que voltou ao liceu para ameaçar o Cabeludo. Mas foi em vão. Apesar de seu bangalô ser vigiado, as alunas ficavam ao redor espiando e viam-no com frequência, depois de lavar a cabeça, secando o longo cabelo dourado no Sol que aparecia de vez em quando. Algumas alunas chegavam mesmo a acenar para ele, chamando-o de longe: "*Kanyarushatsi*! *Kanyarushatsi*!". Cansados da luta, acabaram autorizando-o a dar as aulas. Ele era professor de matemática e estavam precisando de um. Contudo, a atuação dele decepcionou muito as alunas. Em aula, nunca se afastava das equações. No fundo, ele se parecia muito com o sr. Van der Putten, exceto quando se virava de costas para escrever no quadro e as alunas contemplavam, extasiadas, o fluxo ondulante de sua longa cabeleira. Quando a aula acabava e Kanyarushatsi saía da sala, as alunas mais atrevidas iam para cima dele e, com o pretexto de tirar dúvidas sobre a matéria, tentavam encostar no seu cabelo. O professor respondia o mais rapidamente possível sem nem ousar erguer os olhos para as jovens que o pressionavam e empurravam. Ele acabava se liberando do grupo de curiosas e escapava, a passos largos, pelo corredor.

No fim do ano, foi enviado de volta à França. "Nós éramos, na época, alunas inexperientes do primeiro ano", lamentava Immaculée, "mas se ele ainda estivesse aqui, agora eu saberia domesticá-lo".

– Elas ainda não comeram nada, os pratos estão voltando pela metade – dizia a irmã Bénigne, desconsolada. Ela fora designada para auxiliar na cozinha a velha irmã Kizito, cujas mãos tremiam e que agora só conseguia andar se apoiando em duas bengalas. – Elas têm medo de que eu as envenene? Será que me consideram uma envenenadora? Gostaria de saber por que acham isso. Talvez por eu ser de Gisaka?

– Não se preocupe –, a irmã Kizito a tranquilizava, – em uma semana, independentemente de Gisaka, as malas estarão vazias e, gostando ou não da comida, elas serão obrigadas a comer e não deixarão nem migalha no prato.

Antes que as filhas fossem para o liceu, as mães, de fato, enchiam as malas com as iguarias mais deliciosas que uma mãe ruandesa podia preparar.

– No liceu, diziam as mães, elas só comem comida de branco. Não é bom para as ruandesas, principalmente as jovens, dizem que elas podem ficar estéreis.

As malas se transformavam, assim, em despensas fartas onde as mães acumulavam, com todo seu amor, feijão e pasta de mandioca com molho em pequenas bacias esmaltadas com grandes flores desenhadas que elas enrolavam em um pedaço de pano, bananas cozidas uma noite inteira em fogo baixo, *ibishekes,* essa cana-de-açúcar que mastigamos repetidas vezes o miolo branco e fibroso e enchemos a boca com seu suco doce, batata-doce do tipo vermelha, as *gahungezi,* espigas de milho, amendoim e até, para as que moravam na cidade, rosquinhas de todas as cores que só os suaílis sabem fazer, abacates que são vendidos apenas no mercado de Kigali e amendoins vermelhos, assados e bem salgados.

À noite, logo que a inspetora saía do dormitório, o banquete começava. Abriam as malas e espalhavam as comidinhas em cima da cama. Ainda verificavam se a inspetora estava mesmo dormindo, mas algumas irmãs, como a irmã Rita, não eram nada bobas e estavam dispostas a se corromper para participar da ceia íntima. Comparavam as provisões de cada uma, decidiam o que comer primeiro, elaboravam o menu da noite, denunciavam as que eram gulosas e tentavam surrupiar para si um pouco da sua própria despensa que agora fazia parte do banquete comum.

Infelizmente, as provisões acabavam rápido e, no fim de duas ou três semanas, só sobravam alguns punhados de amendoim que eram guardados como último consolo para os dias difíceis. Chegava a hora de se alimentar com o que era servido no refeitório: o trigo insosso, a pasta amarela que colava no céu da boca e que o padre Angelo – que com frequência era convidado – devorava com grande apetite e saudava com o nome sonoro de "polenta", pequenos peixes moles e oleosos que vinham em uma lata e, às vezes, aos domingos e dias de festa, carne enlatada de não sei qual animal...

– Tudo o que os brancos comem – reclamava Godelive – vem em lata, até os pedaços de manga e abacaxi vem nadando em xarope, e as únicas bananas de verdade que nos servem são bananas açucaradas para terminar a refeição, mas não é assim que a gente come banana. Quando eu voltar para casa nas férias, vou preparar com a minha mãe bananas de verdade, vamos ficar em cima do empregado quando ele descascar e cozinhar com água e tomate. Depois, vamos acrescentar tudo o que pudermos: cebolas, óleo de palma, espinafres *irengarenga* bem macios e folhas de *isogi* bem amargo, peixinhos secos *ndagala*. Vamos nos deliciar, eu, minha mãe e minhas irmãs.

– Você não sabe de nada – disse Gloriosa – para fazer a banana é preciso um molho de amendoim, *ikinyiga*, e, depois, cozinhar bem lentamente, para que o molho possa impregnar a banana.

– Mas se você cozinhar em panela num fogão a gás, como fazem na cidade – retificava Modesta – as bananas vão cozinhar muito rápido e não ficarão macias. Para ficarem gostosas, é preciso carvão vegetal e, principalmente, uma vasilha para assar na terra. Toma muito tempo. Vou te dar a verdadeira receita, da minha mãe. Primeiro, não se deve descascar as bananas. No fundo de uma vasilha, coloque água e, em seguida, as bananas com casca. Depois, cubra-as com uma camada de folhas de bananeira para ficarem fechadas hermeticamente. Para isso, selecione folhas intactas, sem rachaduras. Por cima, para fazer peso, coloque um pedaço de cerâmica. Deve-se esperar um tempo, a banana precisa cozinhar bem lentamente. Se você tiver paciência, as bananas ficarão bem branquinhas e muito macias. Deve-se comer com *ikivuguto*, leite batido, e convidar os vizinhos.

– Minha pobre Modesta – disse Goretti – sua mãe é sempre tão delicadinha, com essas bananas bem brancas, limpas e servidas com leite! Você vai ser sempre como ela. Vou te dizer o que você precisa preparar para o seu pai: bananas vermelhas depois de ficarem embebidas na água do feijão. Tenho certeza de que sua mãe não ousaria tocar em nada, mas quando o empregado for preparar isso para o seu pai, você precisa comer também. Então, ensine a receita para a sua mãe: ela deve descascar as bananas e, quando o feijão estiver quase cozido, jogar as bananas dentro; elas bebem toda a água que restou. Então, ficam vermelhas, morenas, e é assim que ficam suculentas, consistentes! Essas são as bananas dos ruandeses de verdade, os que têm força para manejar a enxada!

– Vocês todas – disse Virginia – vocês são moças da cidade ou filhas de ricos, vocês nunca comeram banana no campo. Lá estão as melhores! Normalmente no campo não temos tempo de voltar para casa na hora do almoço, então acendemos um foguinho e assamos uma ou duas bananas, não diretamente no fogo, é claro, mas na brasa ainda quente. Mas tem outro jeito ainda melhor: quando eu era pequena e estava com as minhas amigas, às vezes minha mãe nos dava bananas para levarmos para o campo. Depois da colheita de sorgo, cavávamos um pequeno buraco e, dentro, fazíamos fogo com as folhas de bananeira secas. Quando o fogo se consumia, tirávamos as brasas e o buraco estava vermelho, então cobríamos com uma folha de bananeira ainda verde, mergulhávamos as bananas no buraco e recobríamos com a terra quente. Por fim, usávamos uma folha de bananeira para borrifar um pouco de água em cima. Quando a folha estiver seca, pode-se cobrir o buraco. A casca da banana fica parecendo um uniforme de militar camuflado e o interior fica macio: derrete na boca! Acho que depois disso nunca mais comi bananas tão gostosas.

– O que você veio fazer no liceu, então – perguntou Gloriosa – você deveria ter ficado no meio do mato comendo banana. Você teria deixado uma vaga para uma ruandesa de verdade, do povo majoritário.

– Eu sou do campo, sim, e não tenho vergonha disso, mas tenho vergonha do que acabei de dizer e de tudo o que dissemos. Por acaso os ruandeses falam sobre o que eles comem? Esse assunto é vergonhoso para a gente e também é vergonhoso comer na frente dos outros, abrir a boca na frente de alguém e é isso o que fazemos todos os dias!

– É verdade – disse Immaculée – os brancos não têm nenhum pudor, sempre falam sobre comida. Quando meu pai precisa convidar gente em casa por causa dos negócios, os brancos ficam falando o tempo todo sobre o que eles comem, o que eles comeram e o que eles vão comer.

– E os zairenses – disse Goretti, olhando para Frida – eles comem cupins, gafanhotos, serpentes, macacos, e ainda por cima se orgulham!

– Já vai tocar o sinal para irmos ao refeitório – disse Gloriosa – está na hora de irmos, e você, Virginia, terá que abrir a boca na nossa frente para comer os restos de comida das ruandesas de verdade.

Chovia sobre o liceu Nossa Senhora do Nilo. Há quantos dias, semanas? Ninguém contava mais. Como no primeiro, ou no último dia da terra, montanhas e nuvens eram um único caos trovejante. A chuva escorria pelo rosto da Nossa Senhora do Nilo, descolorindo a sua máscara de negritude. A suposta nascente do Nilo tinha inundado o laguinho, onde ficava retida a água do rio, transformando-o numa torrente impetuosa. Os que passavam pela estrada (em Ruanda, sempre há gente passando pela estrada, nunca se sabe para onde vão, nem de onde vêm), estes se abrigavam debaixo de enormes folhas de bananeira que uma película fina de água transformava em um espelho verde.

Durante muitos meses a chuva era a Soberana de Ruanda, bem mais que o rei de antigamente ou que o presidente nos dias de hoje, todos esperam e imploram pela Chuva, é ela quem decide se haverá escassez ou abundância, sua chegada é um bom presságio para um casamento fecundo, a primeira chuva no começo da estação seca faz as crianças dançarem, erguendo o rosto na direção do céu para receber as gotas grandes e desejadas, é a chuva sem-vergonha que dá a ver, debaixo do pano molhado, as formas em crescimento das jovens, ela é a Senhora violenta, birrenta, caprichosa, que crepita sobre todos os telhados de metal, tanto os escondidos debaixo do bananal quanto os telhados dos bairros lamacentos da capital, ela que jogou sua isca no lago, apagou o exagero dos vulcões, que reina sobre as imensas florestas do Congo e as entranhas da África, a Chuva, a Chuva sem fim, que vai até o oceano que, por sua vez, é quem a produziu.

– Talvez chova assim sobre o mundo inteiro – disse Modesta – talvez continue chovendo para sempre, a chuva não vai parar nunca mais, talvez seja o dilúvio da época de Noé.

– Imaginem só, meninas, se este fosse o dilúvio – disse Gloriosa – logo só haveria a gente sobre a terra, o liceu é bem alto para ser inundado, ele seria como a Arca. Nós seríamos as únicas sobre a terra.

– E quando a água escoasse – pois, um dia, ela escoaria – nós teríamos que popular o mundo outra vez. Mas se não houvesse mais homens, como a gente faria?–, perguntou Frida. – Os professores brancos já teriam voltado há tempos para se afogar na terra deles, e eu não iria querer nada com o irmão Auxile nem com o padre Herménégilde.

– Vamos falar sério – disse Virginia – o dilúvio é uma lenda dos *abapadris*. Quando chove nas montanhas, abandonamos as plantações e ficamos espremidos em volta do fogo. São as férias. Não saímos para buscar água, mas criamos goteiras na folha de bananeira para recolher a chuva. Tomamos banho e lavamos a roupa em casa. Passamos o tempo assando milho e queimando os pés. Mas, cuidado, se a espiga de milho estoura e lança seus grãos, isso pode atrair raios. Minha mãe diria: "Não riam, as moças que riem mostrando os dentes, sobretudo as que têm a gengiva vermelha, costumam atrair os raios".

– Além disso, em Ruanda, há os *abavubyi*, os fazedores de chuva – disse Veronica. – São eles que mandam na chuva: fazem com que ela venha ou a impedem de vir. Mas talvez eles não saibam fazê-la parar. Ou, então, vingam-se dos missionários que estão sempre zombando deles e os denunciam.

– E você por acaso acredita nos *abavubyis*?

– Não sei se acredito, mas conheço uma senhora *abavubyi*. Ela mora aqui perto, um dia fui até lá com a Immaculée.

– Conte essa história.

– Num domingo depois da missa, Immaculée me disse: "Gostaria de ir ver Kagabo, o curandeiro que vende medicamentos esquisitos no mercado, mas tenho um pouco de medo de ir sozinha. Você gostaria de vir comigo?". É claro que eu aceitei na mesma hora, estava curiosa para saber o que ela queria com aquele feiticeiro que é considerado pelas irmãs o capanga do diabo. No mercado, Kagabo fica no mesmo corredor das mulheres que vendem ervilhas e lenha cortada. Ele fica um pouco afastado, mas deixam-no tranquilo, os policiais municipais não ousam se aproximar e seus clientes não gostam muito que reparem neles. Kagabo expõe suas mercadorias em uma esteira à sua frente; elas são um pouco assustadoras, mas tem gente que deve perguntar, para que servem estas raízes com formas bizarras, todas estas ervas e folhas secas e conchinhas que vêm de longe, do mar, pérolas de vidro como os colares que nossas avós usavam, peles de veados, de serpentes, de lagartos, pequenas enxadas, pontas de flecha, guizos, braceletes de fio de cobre, pós guardados em saquinhos feitos com casca de bananeira e não sei mais o quê... Acho que ele não tem muitos clientes, os que vão até lá apenas fingem comprar alguma coisa e marcam um encontro para assuntos mais sérios na casa dele, ou não sei onde, eles vão até lá para se tratar com pequenos potes cheios de água do Nilo, ou para fazer um feitiço, ou se libertar de outro, ou para assuntos ainda mais graves.

Nos aproximamos de Kagabo tremendo. Immaculé não ousava falar com ele, mas Kagabo acabou reparando na gente e fazendo um sinal. "O que eu posso fazer por vocês, senhoritas bonitas?" Immaculée disse, baixinho, bem rápido: "Kagabo, preciso de você. Preste atenção. Tenho um pretendente na capital e estou com medo de que ele se interesse por outras garotas e me abandone. Me dê alguma coisa para que eu possa preservar meu amor, para que ele só pense em mim, que não veja nenhuma outra garota, para que só exista no mundo dele uma pessoa. Não quero ver outra garota na moto com ele". Kagabo respondeu: "Eu cuido das doenças, sou curandeiro. As histórias de amor não me dizem respeito, mas conheço uma pessoa que pode ajudar: Nyamirongi, a fazedora de chuva. Ela só se interessa pelas nuvens. Se você me der cem francos, no próximo domingo eu te levo até ela, você pode trazer a sua amiga se quiser, mas ela terá que me dar cem francos também. Me encontre aqui quando o mercado estiver no fim e nós vamos até Nyamirongi".

No domingo seguinte, fomos, Immaculée e eu, até o mercado. Kagabo já tinha guardado seus produtos de feitiçaria em uma sacola velha de tecido de casca de figueira. "Ei, vocês! Me sigam, rápido, vocês têm o dinheiro para a Nyamirongi também?" Entregamos as notas de cem francos e partimos pela estrada que vai dar no vilarejo. Logo saímos da estrada e fomos andando pela encosta, no alto da montanha. Kagabo andava muito rápido, os pés grandes e descalços mal chegavam a roçar a grama. "Mais rápido, mais rápido", repetia ele sem parar. Tínhamos dificuldade para segui-lo, estávamos sem fôlego algum. Enfim, chegamos a uma espécie de platô. De lá, víamos o lago e os vulcões e, ao fundo, na outra margem, as montanhas do Congo, mas não paramos para ver a vista. Kagabo nos mostrou, atrás de um muro de pedras, uma pequena choupana, como a dos batwas, de onde saía uma fumaça branca que se dissipava e se misturava às nuvens. "Esperem aqui", disse Kagabo, "vou ver se ela deixa vocês entrarem." Esperamos durante um bom tempo. Ouvíamos cochichos, gemidos e risinhos agudos vindos de dentro da choupana. Kagabo saiu de lá: "Venham", disse ele, "ela colocou seu cachimbo de lado e quer ver vocês agora".

Entramos na choupana nos abaixando. Estava muito escuro e o ambiente cheio de fumaça. Acabamos vendo umas brasas e, por detrás, uma forma enrolada em uma coberta. "Venham, se aproximem". Kagabo fez um sinal para nos sentarmos, depois a coberta se abriu e vimos o rosto de uma senhora, enrugado, encrespado como um maracujá seco, mas os olhos brilhantes como um tição. Era Nyamirongi. Ela perguntou nossos nomes e riu quando Immaculée disse que se chamava Mukagatare. "Talvez você ainda não seja A-mulher-pureza, mas um dia será." Ela perguntou quem eram nossos pais e avós. Ela refletiu um pouco, a pequena cabeça entre as mãos que nos pareciam enormes. Depois ela recitou o nome dos nossos antepassados, até mesmo de alguns que nossos pais não deviam conhecer. "Vocês não são de famílias muito boas", concluiu ela, rindo, "mas hoje em dia dizem que isso não tem mais importância".

Ela se virou para a Immaculée: "Bom, Kagabo me disse que era você que queria me ver". Immaculée explicou que seu namorado morava na capital, mas ela tinha ouvido falar, por amigas dele, que o pretendente estava andando de moto com outras moças. Ela queria que Nyamirongi impedisse isso, que o namorado não saísse com outras moças além dela.

– Bom – disse Nyamirongi, – posso dar um jeito nisso. Mas me diga uma coisa, você dormiu com ele?

– Não, nunca!

– Ele ao menos passou a mão nos seus seios?

– Sim, um pouquinho – respondeu Immaculée abaixando a cabeça.

– E no resto também?

– Um pouquinho também – cochichou Immaculée.

– Bom, está bem, vou dar um jeito.

Nyamirongi fuçou uma porção de cumbucas e cerâmicas que estavam empilhadas ao redor. Tirou de dentro grãos que examinou lentamente, escolheu alguns e os colocou dentro de um pequeno pilão. Reduziu a pó os grãos escolhidos, cuspiu em cima, resmungando palavras inaudíveis e fez uma espécie de pasta que guardou em um pedaço de folha de bananeira, como a pasta de mandioca.

– Pegue aqui, agora você vai escrever ao seu namorado, você deve saber escrever, afinal está no liceu, hoje em dia até as mulheres sabem escrever! Daqui a três dias, a pasta estará seca, você vai transformá-la em pó e colocá-la dentro da carta, mas antes, não esqueça, você vai esfregar esse pó nos seios e no resto do corpo. Quando o seu pretendente abrir a carta, ele vai respirar o pó e, eu te juro, seu namorado será todo seu, ele não vai mais sair com outras moças, me dê quinhentos francos e ele só vai querer você, só pensará em você, será seu prisioneiro, dou a palavra de Nyamirongi, filha de Kitatire, mas de qualquer maneira você precisa deixar que ele passe a mão em você, está entendendo, em todos os lugares.

Ela pegou de volta o cachimbo e deu três baforadas.

Immaculée deu a ela uma nota de quinhentos francos que Nyamirongi enfiou debaixo da coberta.

Ela se virou para mim:

– E você, veio por quê? O que você quer de mim?

– Me disseram que você mandava na chuva, eu queria ver como você faz.

– Você é muito curiosa. Eu não mando na chuva: eu falo com ela, ela me responde. Sempre sei onde ela está e, se peço para ela ir ou vir, e se ela quer também, então, faz o que eu peço. Vocês jovens que estão na escola, nos *abapadris*, vocês não conhecem nada. Antes de os belgas e o chefe dos *abapadris* caçarem o rei Yuhu Musinga, eu era jovem, mas já me respeitavam. Conheciam meus poderes, pois os herdei da minha mãe... que, por sua vez, herdou de nossa ancestral, Nyiramvura, A-mulher-da-chuva. Eu morava num grande terreno cercado ao pé da montanha, que ficava perto de um bebedouro. Quando a chuva demorava muito a chegar – e você sabe como ela é, nunca sabemos quando virá – os chefes levavam as vacas ao meu bebedouro, onde sempre havia água, e levavam os jovens dançarinos, os *intores*, e me diziam: "Nyamirongi, diga-nos onde está a chuva, diga a ela para vir e nós te daremos as vacas, os jarros de hidromel e tecidos para você se vestir como na corte do rei". E eu respondia: "Primeiro, temos de dançar para a chuva, depois suas vacas podem beber água; os *intores* precisam dançar para a chuva". Os *intores* dançavam à minha frente e, quando já tinham dançado bastante, eu dizia: "Voltem para suas casas pois a chuva está chegando, ela vai surpreendê-los antes que cheguem em casa". E a chuva caía em cima das vacas, feijões, milho, inhame, ela caía em cima dos filhos de Gihanga: sobre os tutsis, os hutus, os batwas. Muitas vezes salvei o país e, por isso, me chamavam de Umubyeyi, "a Mãe", a mãe do país. Mas quando os *bazungus* deram o Tambor ao novo rei, vieram me procurar onde eu morava, queriam me prender, fiquei escondida durante muito tempo na floresta. Agora estou velha demais, vivo sozinha nesta cabana de batwa. Se alguém for até os *abapadris* para que eles façam a chuva chegar? Por acaso esses brancos sabem falar com a chuva? A chuva não frequentou a escola e, por isso, ela não dá ouvido a eles: a chuva faz o que bem entende. É preciso saber falar com ela. Por isso, ainda tem gente que vem aqui falar comigo. E outros que vêm, como a sua amiga, não só por causa da chuva. Se você quiser saber como eu falo com a chuva e como ela me obedece quando quer, faça uma dança para a chuva, faça uma dança na minha frente para a chuva. Há tanto tempo ninguém dança na minha frente para a chuva.

– Nyamirongi! Você está vendo que eu não posso dançar com esse uniforme do liceu e a sua cabana é bem pequenina, mas, por favor, me diga mesmo assim onde a chuva está agora.

Eu dei a ela os quinhentos francos.

– Bom, você é uma moça boa. Vou mostrar o que eu posso fazer.

Ela estendeu o braço direito. O punho estava fechado, mas o dedo indicador ficou erguido na direção do domo da choupana. Ele tinha uma unha muito longa, como as garras de uma águia. Ela direcionou o braço e o indicador com a unha grande para as quatro direções. Depois dobrou o braço embaixo da coberta.

– Já sei onde está a chuva: em cima do lago. Ela disse que está vindo. Vocês precisam ir embora rápido, corram antes que ela as alcance. Eu vejo a chuva, está atravessando o lago. Me paguem mais quinhentos francos se não quiserem ser pegas por um raio, vocês não dançaram para a chuva e ela ficou furiosa, me paguem mais quinhentos francos para o raio não cair em cima de vocês.

– Rápido – disse Kagabo – façam o que ela está mandando e sumam daqui.

Nós corremos, corremos pela encosta da montanha e pela estrada. As nuvens se acumularam e vieram para cima da gente. As trovoadas ressoavam. Quando cruzamos o portão do liceu, a chuva caiu e um relâmpago rasgou o céu ao meio.

As moças ficaram um bom tempo em silêncio ouvindo as batidas insistentes da chuva.

– Eu acho – Modesta acabou dizendo – que Nyamirongi e a chuva têm bastante coisa para dizer uma à outra, essa chuva não vai parar nunca mais.

– Ela vai parar, como todos os anos, quando vier a estação seca – disse Gloriosa – mas, me diga uma coisa, Veronica. Por acaso a Immaculée recuperou seu namorado?

– Logo depois, ele veio até aqui, as pessoas em Nyaminombe viram passar uma moto enorme, veloz como elas nunca tinham visto antes, que espantou todo mundo, uma menina até quebrou um jarro. Mas, o pretendente não foi ao liceu, eles combinaram um encontro numa cabana abandonada no meio do mato, lá perto da nascente. Você sabe o que fazem nesses lugares. Acho que Immaculée seguiu os conselhos de Nyamirongi, talvez tenha feito até outras coisas; tenho medo.

– Você é muito curiosa, Veronica – disse Gloriosa – você vai acabar tendo problemas se continuar visitando feiticeiros assim, tenho certeza de que você dançou na frente da feiticeira, só os tutsis dançam na frente do diabo, eu poderia denunciar você, mas não quero trazer dor de cabeça para a Immaculée, o pai dela é um homem de negócios, meu pai disse que ele é generoso com o partido, e no fim das contas, se essa senhora faz namorados se reconciliarem e dá ordens para a chuva, acho também vou até lá ver Nyamirongi: talvez ela possa fazer algumas coisas no campo da política.

– Virginia, queria te contar uma coisa, mas não conte para ninguém.

–Veronica, você sabe que nós, os tutsis, sabemos guardar bem um segredo. Aprendemos desde cedo a ficar calados. Se quisermos ficar vivos, não podemos abrir a boca. Você sabe o que dizem nossos pais: "Seu inimigo é a sua língua". Se você quer contar um segredo, não vou contar para mais ninguém.

– Então, preste atenção. Você me conhece e sabe que, aos domingos, gosto de andar sozinha na montanha. Sei que você fica chateada comigo por esse meu jeito, mas eu não gosto, como as outras, de ir às lojas ou ao alfaiate, para ver, por detrás da máquina de costura, quem encomendou um vestido novo. Prefiro ficar sozinha, não quero ficar vendo todas essas moças que detestam a gente. Quando chego no alto da montanha, me sento em uma pedra, fecho os olhos, e não tem mais ninguém lá, só as estrelas que cintilam debaixo das minhas pálpebras. Às vezes fico sonhando com uma vida mais feliz, como só existe, sem dúvida, no cinema...

– Era isso que você queria me contar?

– Não. Ouça. Um dia eu fui para longe, na direção dos grandes rochedos de Rutare, tão longe que eu não sabia mais onde estava, e onde acho que não vive ninguém. De repente, ouvi atrás de mim um barulho de motor. Era impossível confundir: o que faz esse barulho de lataria no meio do mato? O jipe do sr. de Fontenaille. Realmente era ele: o jipe me ultrapassou e parou bem na minha frente. O sr. de Fontenaille tirou o chapéu.

– Meus cumprimentos, senhorita. Você está perdida, tão longe do liceu? Suba, vamos dar um passeio no meu jipe e eu a levo de volta para a estrada.

Fiquei com medo, o coração batendo no peito com tanta força, como se fosse sair pela boca, eu saí correndo, fugindo, e o jipe começou a me perseguir.

– Venha aqui, não tenha medo, não vou te fazer mal e, além do mais, você já me conhece e eu sei quem você é, eu a vi na peregrinação com as outras, eu fiz alguns desenhos seus, venha, vou te mostrar.

Fiquei completamente sem ar e não conseguia mais correr. O jipe parou ao meu lado.

– É você, sim – disse o sr. de Fontenaille – tenho certeza, eu tinha reparado, pois é você quem eu estou procurando, foi ela que enviou você para mim.

Ele me olhava de um jeito estranho, como se estivesse fascinado pelo meu rosto. Eu desviei o olhar, é claro, mas sentia que minha curiosidade acabaria sendo maior do que o meu medo.

– O que você quer de mim?

– Nada de mal. Aliás, é o contrário disso. Juro que não tenho más intenções e prometo que não vou encostar em você. Confie em mim. Suba aqui e venha conhecer a minha casa. Você vai ver quem você deveria ser. Há tanto tempo o templo aguarda sua deusa.

– Aguarda sua deusa?

– Você vai ver com os próprios olhos.

Como eu temia, minha curiosidade foi maior que o medo.

– Está bem, mas preciso voltar para o liceu antes das seis horas e ninguém pode me ver.

– Levo você de volta discretamente.

O jipe escalou e desceu não sei quantas encostas. Sacudiu, rangeu, crepitou. Fazia um barulho infernal. Fontenaille ria sem parar olhando para mim. Parecia que o veículo dirigia sozinho. Acabamos entrando em um caminho e passamos por baixo de um arco, um pouco como o arco na festa nacional, mas aquele era todo de ferro. Tive tempo de ler a placa PROPRIEDADE DE FONTENAILLE e, debaixo da inscrição, pensei ter visto outra placa menor, na qual estava pintada uma espécie de Santa Virgem usando um chapéu com chifres de vaca, como o que Fontenaille me mostrou em seguida na sua casa. Passamos entre pés de café malconservados, depois ladeamos pequenas casas de tijolos todas parecidas, com o aspecto abandonado. Paramos na frente de uma casa enorme.

–Venha conhecer a propriedade – disse Fontenaille – vou mostrar o que pode ser seu.

O tempo todo eu estava com um pouco de medo, não entendia direito o que ele dizia e nem o que queria, mas já não dava para voltar atrás e eu realmente tinha vontade de saber mais sobre aquilo tudo. Eu achava que, de todo modo, encontraria um jeito de ir embora...

Passamos pela varanda e, num grande salão, um empregado veio até nós com dois copos de laranjada. Ele usava uma roupa branca com ombreiras douradas. Fontenaille ficou me observando fixamente enquanto eu tomava minha laranjada. Eu olhava os chifres de antílopes, a pele de zebra e as presas de elefante que estavam nas paredes.

– Não dê atenção a essa tranqueira, todos esses restos ficavam expostos aqui para gente que não vem mais me ver, eu não queria ter matado esses animais. Agora venha comigo.

Seguimos por um longo corredor que dava para um jardim. Atrás do bambuzal, havia um pequeno lago coberto de papiros e, atrás dele, uma espécie de capela, mas não como as igrejas missionárias. Era uma construção retangular com colunas ao redor. Chegando mais perto, vi que as colunas eram todas esculpidas: pareciam papiros. Dentro, as paredes estavam cobertas de pinturas: de um lado, vacas com enormes chifres de *inyambo*, guerreiros como os dançarinos *intores* e, na frente, uma figura enorme que devia ser um rei, com uma coroa de pérolas como a que o *mwami* Musinga usava. Do outro lado, havia uma procissão de mulheres, mulheres jovens e negras que pareciam as rainhas de antigamente. Elas caminhavam em fila, o rosto em perfil. Usavam vestidos justos todos iguais e tinham os seios à mostra, aliás os vestidos eram transparentes e, nas dobras, era possível ver as curvas da barriga e de suas pernas. Elas usavam perucas na cabeça, mas não eram de cabelos e, sim, penas de pássaros. Na parede ao fundo, havia uma espécie de Santa Virgem enorme, tão negra quanto a Nossa Senhora do Nilo, vestida como as mulheres da procissão, mas com o rosto pintado e um chapéu que parecia com o que eu tinha visto na entrada da propriedade: dois chifres de vaca e um disco que brilhava como o sol. Eu tinha a impressão de que a Dama me olhava com seus grandes olhos negros como se ela estivesse viva. À sua frente, sobre um estrado, havia uma cadeira com um encosto muito alto e dourado, como aquele em que o monsenhor se senta na catedral. Em cima do assento, o estranho chapéu.

– Olhe com atenção – disse o sr. de Fontenaille – você conhece essa mulher, se reconhece nela?

Eu não sabia o que responder.

– Olhe com atenção – repetiu ele – é a Dama do Nilo, a verdadeira. Você se parece muito com ela, não acha?

– Bom, como assim? Ela é negra como eu, mas o que mais além disso? Eu me chamo Veronica, não sou a Virgem Maria.

– Não, você não é a Virgem Maria e Ela também não. Se você for digna, eu gostaria de revelar o nome verdadeiro dela, que é também o seu.

– Meu nome verdadeiro foi meu pai que me deu, é Tumurinde. Sabe o que significa: "Proteja-essa-mulher".

– Você pode confiar em mim, vou cumprir o que seu pai quis, você é muito preciosa para mim. Mas sei de outro nome que foi reservado para você. Posso explicar com calma se quiser voltar outro dia.

Ainda não entendia nada do que ele dizia, mas estava cada vez mais curiosa para saber o que ele estava dizendo e respondi sem pensar:

– Venho no próximo domingo, mas vou trazer uma amiga, não quero vir sozinha.

– Se sua amiga parece com você, pode trazê-la, mas só haverá lugar, se ela for parecida com você.

–Voltarei com ela, mas está ficando tarde, preciso ir para o liceu agora e ninguém pode me ver!

– Meu velho jipe não gosta das estradas.

Ele me deixou atrás do bangalô de hóspedes, um pouco antes das seis horas e foi embora a toda velocidade.

– É uma história esquisita, disse Virginia, esse branco é doido mesmo. E quem você pretende levar lá?

– Você, é claro, no próximo domingo, a gente vai à casa do branco. Vamos interpretar o papel de deusas! Vai ser como no cinema.

– Você não acha perigoso? Você sabe o que esses brancos fazem com as moças que eles atraem para suas casas. Os brancos acham que podem fazer de tudo aqui, que podem fazer até o que é proibido na terra deles.

– Não precisa ter medo, Fontenaille é um velho doido. Ele cumpriu a promessa e não chegou perto de mim. Ele acha que sou uma deusa, também vai ser assim com você. Você sabe o que os brancos falam dos tutsis. Eu li nos livros da biblioteca. A capela dele, no jardim, me lembrou outra coisa. Pesquisei nos livros sobre a Antiguidade e vi que a capela dele não é romana, mas grega: é egípcia, do tempo dos faraós, do tempo de Moisés. As colunas e as pinturas são como as que vi num livro. Ele é doido, construiu no jardim de casa um templo egípcio. E a mulher pintada com os chifres de vaca sobre a cabeça também aparece no livro, é uma deusa: é Isis ou Cleópatra, eu vi num filme.

– Então, ele é pagão! Eu achava que já não existia mais nenhum entre os brancos. O que ele quer fazer com a gente nesse templo?

– Não sei. Talvez queira pintar nosso retrato ou nos fotografar ou filmar. Talvez queira nos adorar. É divertido, você não acha?...

– Você é tão doida quanto ele!

– Durante as férias, quando tenho dinheiro, gosto de ir ao cinema no Centro Cultural Francês. Sempre tenho vontade de estar nos filmes, de ser uma atriz. Agora, podemos representar o papel de deusas na casa do velho branco. Será como no cinema.

– Vou com você para protegê-la e darei um jeito de esconder uma pequena faca embaixo da saia para nos defender. Nunca se sabe o que pode acontecer.

O jipe esperava atrás do grande rochedo de Rutare. Assim que viu as duas, o sr. de Fontenaille as cumprimentou com um gesto largo, tirando seu chapéu de safári. Veronica reparou que a cabeça dele reluzia como a mancha cintilante do lago ao pé das montanhas. Mas uma nuvem cobriu o sol, o lago se apagou e o sr. de Fontenaille colocou de volta o chapéu de lona cáqui.

– Como combinamos, vim com uma amiga, disse Veronica, ela se chama Virginia.

O sr. de Fontenaille ficou observando Virginia.

– Bom dia, Virginia, ele disse por fim, seja bem-vinda. Para mim você será Candace, rainha Candace.

Virginia se segurou para não gargalhar.

– Eu me chamo Virginia, meu nome de verdade é Mutamuriza. Se quiser, eu posso ser a Candace para você, os brancos sempre nos dão os nomes que bem entendem, no fim das contas Virginia também não foi um nome escolhido pelo meu pai.

– Vou explicar melhor, Candace não é um nome de branco, é um nome de rainha, rainha negra, rainha do Nilo. Vocês, os tutsis, são filhos e filhas dela. Vamos, entrem aqui.

O jipe arrancou a toda velocidade, levantando uma nuvem de mato e lama, depois foi ziguezagueando entre os rochedos por um caminho invisível. Veronica e Virginia se agarraram uma à outra para não serem expelidas do veículo. Logo ele passou debaixo do arco metálico que marcava a entrada da propriedade, passou raspando entre os pés de café selvagens e a fileira de casinhas idênticas. Meus empregados moravam aqui, disse o sr. de Fontenaille, antigamente eu achava que faria fortuna com café. Eu era um idiota, mas fui um bom patrão. Agora guardo aqui meus pastores, meus guerreiros, meus *ingabos*. Vocês poderão ver. O jipe parou diante do terraço da grande *villa*.

Eles entraram no salão dos troféus. O empregado com roupa branca de ombreiras douradas fez uma saudação militar. O sr. de Fontenaille indicou as cadeiras de palha onde as jovens deveriam se sentar. O empregado colocou os copos de laranjada e um prato de doces sobre uma mesinha baixa.

O sr. de Fontenaille sentou-se à frente de suas convidadas numa espécie de sofá feito de bambu, coberto com farrapos de pele de leopardos. Ele ficou um pouco em silêncio, o rosto enterrado entre as mãos. Quando se levantou, os olhos tinham um brilho tão intenso que Virginia tratou de verificar se a pequena faca ainda estava debaixo da saia, enquanto Veronica discretamente lhe fez um sinal para as duas ficarem prontas para fugir. Mas o sr. de Fontenaille não foi para cima das duas, em vez disso, começou a falar.

Ele falou por um tempão, às vezes a voz parecia trêmula de emoção, às vezes assumia um tom grave, às vezes se tornava um simples murmúrio, depois bruscamente soava retumbante. Ele repetia sem parar que ia revelar um grande segredo, um segredo que dizia respeito a elas, o segredo dos tutsis. Em seu longo êxodo, explicou ele, os tutsis tinham perdido a memória. Eles conservaram as vacas, a postura nobre, a beleza de suas filhas, mas perderam a memória, não sabiam mais de onde vinham, nem quem eram. Ele, Fontenaille, sabia de onde vinham os tutsis e quem eram eles. A sua descoberta era uma longa história, era a história da sua vida, do seu destino, e ele não tinha medo de contar.

Na Europa, ele queria ser pintor, mas ninguém comprava suas telas e havia muito tempo que a sua família – e ao pronunciar essa palavra ele ria com sarcasmo – estava arruinada. Ele foi para a África para tentar fazer fortuna. Aqui, conseguiu terras na região montanhosa, onde ninguém queria se instalar. Uma grande propriedade para cultivar café arábica. Ele se tornou um produtor, um colono e enriqueceu. Ele amava fazer safáris, no Quênia, em Tanganica. Ele fazia jantares enormes e, apesar da estrada em condições ruins, os convidados que vinham da capital não queriam faltar às suas recepções por nada. No grande salão, bebia-se muito e falava-se muito: as últimas fofocas da capital, os animais que foram abatidos, o preço do café, a estupidez dos seus empregados, a dificuldade em educar os nativos, as moças que acompanhavam os convidados ou as que o anfitrião fornecia aos convidados, belas moças, quase todas tutsis, minhas modelos, especificava Fontenaille, pois ele desenhava, pintava pastores apoiados em enormes cajados, vacas com chifres em forma de lira, jovens com uma cesta pontuda ou um jarro equilibrado na cabeça, jovens lindas com penteados sofisticados, o cabelo preso com tiaras de pérolas de vidro. Ele acumulava retratos das que aceitavam ir até a *villa*. O rosto das jovens fascinavam o sr. de Fontenaille.

As histórias que lhe contaram sobre os tutsis o convenceram, por exemplo, de que não eram negros. Era só reparar no nariz fino e na pele, com brilhos avermelhados. Mas de onde eles vinham? O mistério dos tutsis lhe incomodava. Ele interrogou os missionários barbudos, leu tudo o que pôde sobre o assunto. Ninguém estava de acordo. Diziam que os tutsis vinham da Etiópia, ou que eram uma espécie de judeus negros, ou coptas emigrados de Alexandria, ou romanos espalhados, ou primos dos fulas ou dos massais, ou sumerianos sobreviventes da Babilônia, ou então, que tinham descido diretamente do Tibete, eram verdadeiros arianos. Fontenaille jurou a si mesmo que descobriria a verdade.

Quando os hutus, com a ajuda dos belgas e dos missionários, caçaram os *mwamis* e começaram a massacrar os tutsis, ele entendeu que estava na hora de cumprir sua promessa. A partir daí, essa passou a ser a missão de sua vida. Ele tinha certeza de que os tutsis iriam desaparecer. Em Ruanda, eles acabariam exterminados, os que tinham se exilado se diluiriam, de mestiçagem em mestiçagem. Só restava salvar a lenda. A lenda era a verdade. Então, ele esqueceu seus amigos e abandonou a plantação. Ele aprendeu a decifrar os hieróglifos, ele queria se iniciar no copta, no etiópico. Ele tentou falar em kinyarwanda com seu empregado, mas decididamente ele não era um especialista: nem um antropólogo, nem um etnólogo. Todos esses livros, todos esses estudos não levavam a nada. Ele era um artista e seus únicos guias eram a intuição e a inspiração. Isso o levava bem mais longe do que todos os especialistas com sua erudição. Assim, decidiu viajar e foi ao Sudão e ao Egito. Lá, ele viu o templo da deusa antes de ser submerso, viu as pirâmides dos faraós negros, as lápides das rainhas Candaces à beira do Nilo. Era ali que estava a prova. Os rostos gravados na pedra eram os mesmos que ele tinha pintado. Não restavam dúvidas. Era como uma iluminação. A origem dos tutsis estava ali, era o império dos faraós negros. Caçados pelo cristianismo, pelo islã, pelos bárbaros do deserto, eles iniciaram a longa caminhada até as nascentes do Nilo pois acreditavam que a terra dos Deuses estava lá, estava lá onde, graças ao rio, eles distribuíam sua abundância. Eles conservaram suas vacas e seus touros sagrados, eles conservaram a postura nobre, suas filhas conservaram a beleza, mas perderam a memória.

Agora, Fontenaille cumprira sua missão. Ele abandonou tudo para fazer isso. Ele reconstruiu o templo da deusa, a pirâmide dos faraós negros. Ele pintou a deusa e a rainha Candace. "E graças a mim", disse ele, "e por vocês serem belas e se parecerem com elas, vocês encontrarão a Memória".

O sr. de Fontenaille as conduziu ao seu ateliê. Era difícil abrir caminho entre as pilhas de desenhos. Sobre um cavalete, havia um esboço de retrato.

– Ora, é você, Veronica – disse Virginia.

– Sim – disse o sr. de Fontenaille – é a nossa deusa, mas você poderá vê-la melhor no templo.

Na parede havia reproduções e fotografias de afrescos, baixos-relevos e lápides onde se viam faraós negros em seus tronos, deuses com cabeças de falcão, chacais, crocodilos, deusas penteadas com discos solares e chifres de vaca. O sr. de Fontenaille parou diante de um mapa enorme que representava o curso do rio Nilo. Veronica notou que nenhum dos nomes ali correspondia aos que ela tinha lido em seu livro de geografia.

– Aqui está Philae, o templo da Grande Deusa – disse o sr. de Fontenaille – e ali, Meroé, capital do império de Kush, dos faraós negros, dos Candaces, a capital com mil pirâmides. Fui até lá por vocês, tutsis, e consegui encontrá-los. Venha, vocês vão ver.

Ele pegou uma folha com um desenho e deu a Veronica.

– É seu retrato, feito a partir dos esboços que desenhei no dia da peregrinação. E agora, coloco-o ao lado desta foto, que tirei em Meroé, de Isis, a grande deusa. Ela abre as asas para proteger o reino e está com os seios nus. Veja, o olhar dela é igual ao seu, exatamente igual, fizeram o seu retrato em Meroé há três mil anos. Tenho a prova.

– Mas eu não vivi há três mil anos, não tenho asas e nem existe mais reino.

– Você vai ver, logo, logo vai compreender. Agora vamos ao templo.

– Veronica, quando você veio ao templo na primeira vez, com certeza não observou direito o afresco, disse o sr. de Fontenaille, veja bem os rostos das jovens que levam suas oferendas à Grande Deusa, você não reconhece alguém?

– Sim, disse Virginia, a terceira ali sou eu! A que está na frente é Emmanuella, que acabou o liceu há dois anos. E, ali, Brigitte, do segundo ano. Parece que ele pintou todas as tutsis do liceu.

– De todo modo, eu não estou ali.

– Você não está na procissão porque você foi a escolhida, vire-se e você verá, disse o sr. de Fontenaille.

Na parede do fundo, o rosto da Grande Deusa era o de Veronica. Apenas os olhos estavam exageradamente maiores.

– Está vendo – disse ele – no último domingo, consegui observá-la bem. Então retoquei o rosto da deusa para que ficasse mais parecido com o seu. Agora você não pode mais negar, você é a Isis.

– Eu não sou nada disso e não quero que o senhor zombe de mim. É perigoso desafiar o espírito dos mortos. Os *abazimus* podem se vingar e a vingança deles costuma ser cruel.

– Não se chateie, você vai entender tudo. Siga-me, a visita continua.

Eles saíram do templo e escalaram a encosta até o alto. Algumas vacas com enormes chifres passavam com pastores jovens. Não longe dali, num pequeno monte, via-se uma cerca por onde o rebanho entrava todas as noites. O domo da choupana central com o topo artisticamente entrançado ultrapassava, em altura, o portão da cerca. "Veja, disse o sr. de Fontenaille, se os tutsis desaparecerem, ao menos poderei salvar suas vacas, as *inyambos*. Talvez tenha sido um touro como este, um touro sagrado, que os trouxe até aqui." No centro de um bosque cerrado com velhas árvores, numa réstia de floresta, erguia-se uma pirâmide, mais alta e mais afunilada do que aquela que os belgas haviam construído na nascente da Nossa Senhora do Nilo. "É lá que eu faço as escavações, explicou o sr. de Fontenaille, os mais velhos contavam que ali ficava o túmulo de uma rainha, a rainha Nyiramavugo. É onde eu mando cavarem. Já encontraram um esqueleto, pérolas, cerâmicas, braceletes de cobre. Eu não sou arqueólogo, não queria que as ossadas da rainha fossem parar num museu, debaixo de uma vitrine. Então, tapei o buraco e construí por cima essa pirâmide. A rainha Nyiramavugo tem uma sepultura digna das rainhas Candaces. Aproxime-se, Viriginia, pois agora você também é uma rainha Candace. Renove os laços do tempo. Tudo está de novo em seu lugar. O templo, a pirâmide, o touro sagrado. E, agora, encontrei Isis e Candace, tão belas como no primeiro dia. O fim será como no começo. É o segredo. Isis voltou à nascente. Tenho um segredo, um segredo, um..."

O sr. de Fontenaille parecia ter dificuldades para conter a exaltação que fazia tremer suas mãos e apertava sua garganta. Para recuperar a calma, ele se sentava um pouco sobre uma pedra e contemplava durante um tempo o ondulado das montanhas que as nuvens pareciam prolongar até o infinito.

– Eu acho que ele não está vendo a mesma paisagem que a gente – disse Veronica – ele deve ver também deusas, rainhas Candaces, faraós negros. É como se passasse um filme na cabeça dele, mas agora ele quer atrizes em carne e osso, nós duas.

– Os tutsis já atuaram em péssimos filmes de brancos, feitos pela loucura dos brancos, e tudo isso foi ruim para o nosso povo. Não quero representar as rainhas não sei o quê. Quero voltar ao liceu, vamos, está na hora de voltarmos.

Quando as jovens se aproximaram, o sr. de Fontenaille parecia submerso num sono profundo.

– A chuva está chegando – disse Veronica – e está tarde, o senhor precisa nos levar de volta à estrada.

– Vou levá-las. Não fiquem com medo. Ninguém vai ver vocês. Mas, no próximo domingo, aguardo vocês duas. Será o grande dia. Muito melhor do que a peregrinação à Nossa Senhora do Nilo.

Foi Immaculée que encontrou Veronica estendida debaixo da escada do dormitório.

– Socorro, socorro! Veronica morreu! Ela está deitada e não está se mexendo.

As alunas que tinham acabado de sentar nas mesas do refeitório correram para a escada do dormitório. Virginia, a primeira, se debruçou sobre Veronica.

– Ela não morreu, não, está só desmaiada, ela caiu da escada e bateu a cabeça num degrau.

– Com certeza bebeu demais – disse Gloriosa – deve ter ido ao bar de Leonidas, ela não tem medo de nada, nem vergonha, os garotos pagaram a bebida e ela não recusou.

– Ou talvez tenha sido envenenada – disse Immaculée – tem muitas invejosas por aqui.

A irmã Gertrude, também responsável pela enfermagem teve dificuldade para abrir passagem entre as alunas.

– Afastem-se, deem espaço para ela respirar, me ajudem a carregá-la até a enfermaria.

A irmã Gertrude pegou Veronica pelos ombros e Virginia levantou as pernas, empurrando Gloriosa que vinha para cima: "Você, não encoste nela".

Estenderam Veronica na cama metálica da enfermaria. Virginia queria ficar velando a amiga, mas a irmã Gertrude pediu para ela sair e fechar a porta.

Um grupinho de alunas tinha ficado do lado de fora esperando o diagnóstico da irmã enfermeira. Ela acabou abrindo a porta e dizendo:

– Não é nada, é só uma crise de malária, vou cuidar de tudo e vocês não têm nada para fazer aqui, ela precisa descansar.

Virginia não conseguiu dormir. O que aconteceu com Veronica? O que esse Fontenaille doido tinha feito com ela? Não dava para imaginar. Os brancos aqui acham que podem tudo: eles são brancos. Virginia se censurava por ter se recusado a acompanhar a amiga desta vez. As duas juntas poderiam ter se defendido, ela tinha uma faca e teria convencido Veronica a fugir antes que fosse tarde demais. Logo que tocou o sinal, enquanto as outras faziam a higiene e as irmãs assistiam à missa matinal, Virginia foi de fininho até a enfermaria. Veronica estava sentada na cama, a cabeça enfiada em uma enorme tigela. Logo que viu a amiga, pôs a tigela sobre a mesa de cabeceira.

– Está vendo – disse ela – a irmã Gertrude está cuidando bem de mim, ela me deu leite.

– O que aconteceu? Me conte antes que a irmã volte.

– É difícil contar, é como se eu tivesse tido um sonho, um pesadelo. Não sei se o que vou contar aconteceu de verdade. Os brancos são piores do que os nossos envenenadores. Bom, fui ao rochedo para o encontro e o jipe me esperava, mas não era o Fontenaille que estava no volante. Era um jovem tutsi, sem dúvida um dos que ele chama de *ingabo*. No salão, o empregado estava lá com uma laranjada. Ele me disse para beber. Ele estava enrolado em um pano branco que deixava um ombro à mostra.

– Sua amiga não veio?

– Não, ela está doente.

– Problema dela, não vai conhecer a Verdade.

Em seguida, não sei mais o que me aconteceu. Foi como se eu não tivesse mais vontade própria, como se não pertencesse ao meu corpo. Tinha alguma coisa ou alguém em mim, algo mais forte do que eu. Eu me vi no templo e estava como as mulheres pintadas na parede. Não sei quem tinha tirado a minha roupa, estava com os seios nus, coberta por um tecido dourado transparente. Mas não sentia vergonha. Era como um sonho que não conseguia interromper, eu me via de fora. Ao redor, os guerreiros do afresco tinham se soltado da parede e não se pareciam com os *intores*. Eles vestiam apenas um calção e portavam lanças e enormes escudos de pele de vaca. Não sei se o cabelo deles era alisado ou se usavam perucas. Agora acho que eram os guerreiros que Fontenaille tinha mencionado. Tive a impressão de estar num filme. Fontenaille me fez sentar num trono e colocou em minha cabeça o chapéu de chifres. Era como se ele estivesse sob uma névoa fazendo gestos exagerados e pronunciando palavras incompreensíveis, como um padre na missa. Depois não sei mais o que aconteceu. Perdi a consciência. Talvez tenha caído do trono, não me lembro de nada. Quando voltei a mim, estava no jipe com o empregado jovem me levando de volta. Já estava vestida com o uniforme do liceu. Ele me deixou perto do portão e disse: "Tente voltar sem ser vista por ninguém, cuide-se, e não conte nada para ninguém. Procure no seu sutiã uma coisa que deixamos para você". Consegui chegar até o dormitório. Em meu sutiã, achei dez notas de mil francos, que fui guardar na mala. Mas quando estava voltando, tudo começou a girar e eu caí.

– E ele não fez nada com você?

– Não, ele não encostou em mim. Ele não é como os outros brancos que só pensam em jogar a gente na cama. O que ele quer é encenar a própria loucura. Eu sou a sua Isis.

– E por que ele drogou você, então?

– Não sei. Acho que ele tem medo que eu me negue a entrar no jogo, que eu zombe dele, e quer que tudo se passe exatamente como ele sonhou, então ele me fez beber sua droga, mas acho que exagerou na dose, é um mal envenenador. Bom, minha curiosidade tem limites: sem o veneno, você acha que eu teria aceitado entrar nesse jogo ridículo? Junto com o dinheiro, havia uma carta, ele escreveu que se arrependia de ter me feito beber sua droga, de não ter confiado em mim, mas que ele não tinha escolha: não podia fracassar. Ele esperava que eu entendesse e que voltasse, mesmo assim. Só eu posso interpretar a deusa. Ele me convidou para ficar na casa dele durante as férias longas, ele pagará meus estudos, até na Europa, disse que pode investir muito dinheiro...

– E você acredita nas promessas dele?

– E se for verdade?

– Você é tão louca quanto ele, vai acabar acreditando que é mesmo essa deusa. Você sabe o que aconteceu conosco, os tutsis, quando aceitamos interpretar o papel que os brancos nos atribuíram. Foi a minha avó quem contou essa história: quando os brancos chegaram, acharam que estávamos vestidos como selvagens. Eles venderam às mulheres, às mulheres dos chefes, pérolas de vidro, muitas pérolas e tecidos brancos. Eles mostraram como se enrolar nos tecidos e como fazer penteados. Eles os transformaram nos etíopes e egípcios que eles tinham vindo aqui buscar. Agora tinham suas provas. E vestiram os tutsis de acordo com os seus próprios delírios.

Outra vez ela acordou com o mesmo sonho ruim. As colegas ficavam com raiva ou zombavam: ela dava um grito que também acordava todo mundo, isso estava acontecendo com frequência, iriam se queixar com a inspetora.

Modesta já não sabia se era um pesadelo ou verdade. Ela olhou para os lençóis; debaixo do lençol, levantou a camisola e passou a mão entre as coxas. Não, não tinha nada. Era só um pesadelo que a perseguia desde que ela tinha se tornado mulher. Talvez fosse uma maldição, um feitiço que tinha sido lançado sobre ela: por um desconhecido, um inimigo dissimulado, ou talvez alguém que estivesse perto dela, uma de suas colegas viria de mais longe, da casa dela, dos vizinhos invejosos, ela não sabia, talvez nunca soubesse.

O sonho podia se passar na sua cama ou, com mais frequência, em aula. Ela começava a sangrar, uma enorme mancha vermelha impregnava o vestido azul, o sangue se espalhava pelas coxas e pernas, virava um riacho passando debaixo do banco, debaixo das outras escrivaninhas. As alunas começavam a urrar: "Outra vez ela, ela sangra e sangra... não vai acabar nunca mais", e a professora gritava: "Temos que levá-la na irmã Gerda, ela sabe o que fazer com as moças que sangram de repente e em qualquer lugar". E, bruscamente, ela se via no escritório da irmã

Gerda e a irmã Gerda estava com raiva dela e falava alto: "Foi isso que eu disse, isso é que é ser mulher, todas vocês querem ser mulheres, a culpa é de vocês, e agora todo esse sangue, que nunca mais vai acabar...".

Modesta não gostava de pensar nisso. Mas sempre a mesma lembrança voltava. Não era um sonho, era uma lembrança que ela tinha de reviver sem parar, como um pecado que não conseguia expiar. Tinha começado no ano em que entrou na escola secundária. Ela fora aprovada no exame nacional e ficou orgulhosa. Seus pais ficaram orgulhosos. Os vizinhos ficaram orgulhosos e invejosos. Ela ficou orgulhosa porque os vizinhos ficaram invejosos. Sua família mandou fazer o uniforme no alfaiate, comprou cadernos e caneta Bic no supermercado de Saint-Michel, no bairro Muhima e, nos paquistaneses, o tecido para a roupa de cama. Na lista, havia também dois metros de tecido branco chamado *americani*. Ela não sabia para que servia, nem seu pai. Ela não perguntou à mãe, pois a mãe não sabia nada das coisas da escola. E não ousou perguntar ao padre da paróquia. Guardou tudo dentro da mala que tinham comprado para ela, a da irmã mais velha estava muito gasta e ela precisava de uma nova mala para dar boa impressão, para honrar a família. Ao chegar no colégio, a irmã inspetora verificou o conteúdo e não faltava nada. Lá estava o tecido *americani*, para o qual a irmã parecia dar muita importância: "Você deve levá-lo à primeira aula de costura", disse.

A turma do sexto ano se dividia em dois clãs: as que tinham seios e as que não tinham. As que tinham seios olhavam com desprezo para as que não tinham. Elas costumavam discutir bastante com as maiores, todas com seios. Elas pareciam ter segredos para compartilhar. Modesta fazia parte daquelas que não tinham seios, mas dois pequenos mamilos saíam de seu peito, eram brotos de seios. Modesta não entendia por que as grandes não quiseram acolhê-la em seu grupo.

Na aula de costura, dois dias depois da volta às aulas, a professora verificou se todas tinham levado o *americani*. Como as outras, Modesta mostrou seu pedaço de tecido. "Vamos confeccionar tiras, disse a professora, é isso que temos de fazer primeiro. Todo mundo deverá terminar até o fim da aula." A professora distribuiu tesouras e um molde: as alunas cortaram o tecido em longas tiras. Em seguida, cortaram as tiras em vinte segmentos. "Agora, vocês dobram os vinte pedaços em quatro e depois devem cortar as bordas. Ele deve ficar como um colchãozinho." Ela fez as alunas confeccionarem uma bolsa que fechava com uma fita para guardarem ali dentro as vinte tiras. "As que ainda não precisam", disse a professora, "devem guardar cuidadosamente na mala enquanto esperam".

Além desse, havia outros mistérios. No jardim, por detrás de um bambuzal, tinha uma casinha de tijolo cercada por uma mureta. "É a casa de tolerância", diziam as maiores rindo, "vocês, meninas que não têm seios, não têm nada para fazer lá, nem pensem em chegar perto". As irmãs não riam de nada, uma delas sempre ficava vigiando a pequena casa proibida e expulsava os empregados ou jardineiros que chegavam perto demais, e punia severamente as meninas que, por curiosidade, vagavam por ali. A Guardiã do Mistério, que costumava fazer a sentinela, era a irmã Gerda. Ela ficava uma fera quando surpreendia uma das menores tentando seguir as iniciadas nos Mistérios que se encaminhavam para a Casa proibida levando um baldinho na mão. Mas, no fundo, as meninas que não tinham seios sabiam bem que, logo, logo, todos esses mistérios – as tiras de *americani*, a casa de tolerância, o baldinho – seriam revelados. Elas sabiam que sua vez chegaria.

A iniciação. O medo. A vergonha. Para Modesta, aconteceu em aula. Durante o curso de inglês. Ela sentiu um líquido quente escorrer pela perna e, ao se levantar, as colegas da fileira de trás viram uma grande mancha vermelha se espalhar pelo seu vestido e um filete de sangue escorrer pela perna e pingar no cimento. "Madame!", gritou a vizinha, apontando para Modesta. A professora viu o sangue. "Immaculée", disse ela, "leve-a, rápido, para a irmã Gerda".

Modesta seguiu Immaculée, chorando copiosamente. "Não chore", dizia Immaculée, "é assim com todas as moças. Você não achou que ia escapar, não é? Agora você virou uma mulher de verdade. Já pode ter filhos". Immaculée bateu à porta do escritório da irmã Gerda. "Chegou a hora, Modesta", disse a irmã Gerda, "eu não esperava que acontecesse tão cedo. Agora você se tornou uma mocinha. Você vai ver como é sofrido: foi Deus que quis assim por causa do pecado de Eva, porta do diabo, a mãe de todas nós. As mulheres são feitas para sofrer. Modesta é um nome bonito para uma mulher, para uma cristã, e todos os meses, a partir de agora, esse sangue fará você se lembrar de que é apenas uma mulher, e se você se achar bonita demais, lá estará ele para lembrá-la do que você é: apenas uma mulher".

Depois de tomar banho, Modesta foi iniciada pela irmã Gerda nos Mistérios dos ciclos da mulher. Ela explicou como usar as tiras que passou a chamar de "higiênicas" e disse para Modesta buscar na dispensa um baldinho com tampa para colocar as tiras usadas e um pedaço de sabão de Marselha. Não seria preciso explicar o motivo para a irmã Bernadette, que estaria atrás do balcão.

A irmã Gerda pediu a chave do dormitório que ficava o dia inteiro fechado e mandou abrir as portas para que Modesta fosse pegar uma tira na mala, depois acompanhou Modesta até a casinha de tijolos. Ao abrir a porta, um cheiro ruim, muito forte e acre, fez com que Modesta recuasse: "Entre", disse a irmã Gerda, "você não pode mais voltar atrás, já é tarde para ser uma menininha". Na penumbra da sala, iluminada apenas por uma estreita janela gradeada, Modesta viu um varal estendido de uma parede à outra e penduradas sobre as cordas estavam as tiras higiênicas que as internas tinham estendido para secar. Eram róseas, cinzas, violetas, branco encardido. "No fundo", disse a irmã Gerda, "há um tanque para lavar as tiras sujas, você vai esfregar, esfregar, esfregar, mas nunca o bastante para apagar a culpa de ser mulher. Eu sei dizer de quem são essas tiras, quem esfrega e quem não esfrega, dá para ver na mesma hora as preguiçosas porque as tiras ficam impregnadas de menstruação, é uma vergonha! Modesta, você deve esfregar bem para não trazer mais vergonha à vergonha."

Modesta adorava fazer confidências a Virginia. Ela fazia escondida, longe dos olhares alheios, principalmente os de Gloriosa. É claro que uma moça hutu podia ser amiga de uma moça tutsi. Isso não comprometia em nada o futuro. Quando o povo majoritário tivesse que se tornar definitivamente majoritário, as moças hutus saberiam bem qual era a sua etnia. Havia duas etnias em Ruanda. Ou três. Os brancos diziam que eles haviam descoberto e escrito em seus livros. Os especialistas tinham vindo só para isso, tinham medido seus crânios. As conclusões eram irrefutáveis. Duas etnias: hutu / tutsi. Banto /

camita. A terceira nem valia a pena falar. Mas Modesta não era completamente hutu. É certo que era hutu, pois seu pai era, e é o pai que conta. Mas, por causa de sua mãe, poderiam dizer, e alguns de fato diziam, ela era apenas meio hutu. Era perigoso para ela andar com uma tutsi. Poderiam perguntar: "De qual lado você está? Você sabe mesmo quem você é, ou você é uma traidora, espiã das baratas, dos *inyenzis*? Você finge que é uma hutu, mas, no fundo, logo que pode, sai para ficar com as tutsis porque considera que elas são a sua verdadeira família".

Mas havia coisas piores. As suspeitas contra Modesta não eram somente por causa de sua mãe. Depois de tudo, muitos dos dirigentes hutus tinham se casado com tutsis. Era como um troféu de vitória. A própria esposa do presidente não era tutsi? Mas o que agravava a situação de Modesta era seu pai, Rutetereza, hutu que queria virar tutsi, *kwihutura*, como diziam, "se des-huturizar". Além disso, ele tinha algumas características que, em geral, eram atribuídas aos tutsis: era alto, com o nariz pequeno, a testa grande. Ele fazia parte daqueles, bem numerosos, que eram chamados de *ikijakazi*, "nem um nem outro". Ele era de uma boa família hutu e havia estudado alguns anos no seminário. Ele se tornara secretário, contador, intendente de um chefe tutsi e tinha se afeiçoado a ele, pegara seus modos. Ele tinha enriquecido desviando discreta, mas regularmente, um pouco das taxas que recolhia em nome do seu chefe.

Ele tinha comprado algumas vacas e, para ostentar, ofereceu uma a um vizinho tutsi que tinha perdido as dele. Ele desejava que o outro exprimisse sua gratidão em diversas situações, como era o hábito: Rutetereza, você me deu uma vaca, *yampaye inka* Rutetereza! Para coroar sua transformação, ele decidiu casar com uma tutsi. Uma família de pequenos tutsis lhe cedeu uma das filhas. Uma moça bonita em troca de suas vacas. Depois, seu chefe se tornou um dos dirigentes de um partido tutsi mais conservador e ele quis segui-lo. O chefe disse: "Rutetereza, você fez tudo o que pôde, mas você não é um tutsi. Fique com os seus". Rutetereza militou em um partido hutu que queria manter o rei, mas o Parmehutu o tirou do poder e proclamou a República. Como ele era de uma boa família hutu, foi protegido por seus irmãos que militavam no partido vencedor e por isso não o incomodaram. Mas não podia ter cargos importantes e seria, para sempre, um pequeno funcionário, em qualquer situação haveria alguém para lembrar que ele quisera virar um tutsi, kwihutura. Ele nunca deixaria de encontrar aqueles que, em tom de brincadeira ou ameaça, o que acabava dando no mesmo, lembravam de sua traição. A solução era empanturrá-los com espetos de cabra e pratos de feijão, regá-los com cerveja de banana e com Primus, esse era o preço a se pagar por ter voltado a ser hutu, kwitutsura, ter "se des-tutsisado". A mesma suspeita pesava sobre Modesta.

Incessantemente, precisava lembrar às outras de que ela era uma verdadeira hutu, sobretudo Gloriosa, cujo nome repetia na sua cabeça como um *slogan*: Nyiramasuka, A-mulher-da-enxada, Modesta tinha de ser a melhor amiga de Gloriosa.

Apesar de tudo, alguma coisa a levava a querer contar seus segredos para Virginia, os segredos mais verdadeiros, aquilo que não podia contar para mais ninguém. Ela acabou contando dos pesadelos que tinha, o sangue da menstruação atrapalhando suas noites. Primeiro, Virginia não disse nada. Não sabia o que dizer. Em Ruanda, nunca se falava sobre esses assuntos. Em Ruanda, há muitas coisas que não devem ser faladas. Mas ela ficou comovida com a confiança de Modesta. Será que ela poderia ser sua amiga de verdade? Hoje, ela era. Mas, e amanhã? Virginia também começou a falar sobre menstruação. Dava um pouco de medo falar sobre um assunto que deve ser calado, mas o fluxo de falas proibidas da amiga era como uma libertação para ela. Sim, neste momento Modesta definitivamente era sua amiga.

– Você sabe que não devemos falar sobre esse assunto. As mocinhas não entendem nada do que acontece com elas, acham que são malditas. Não sei se era assim antes de os europeus chegarem, mas os missionários só pioraram as coisas. Nossas mães não explicam nada, como diriam os professores, é um tema tabu. Normalmente é uma irmã mais velha, ou uma amiga, que deve explicar as coisas e nos tranquilizar. De onde eu venho, as coisas eram assim, talvez na cidade seja diferente. Minha melhor amiga era Speciosa. Ela não foi aprovada no exame nacional e ficou no vilarejo. Na escola primária, andávamos sempre juntas. Nos divertíamos muito, como os meninos. É claro que ajudávamos nossas mães no campo, carregávamos nosso irmão menor nas costas, já éramos mães em miniatura. Mas gostávamos mesmo era de ir lavar roupa no lago. Não como o lago grande que, às vezes, a gente vê daqui. Era um lago minúsculo ao pé da colina onde morávamos.

Durante as férias mais longas, na estação seca, vamos até lá, todas as moças da colina, as jovens ficam de um lado, as menores de outro. Só duas ou três jovens mais estudiosas não gostam de ir, dizem que têm uma reunião com os estudantes, que precisam ir ao coral missionário. Não nos importamos com elas. As margens do lago estão repletas de juncos e papiros, exceto no canto onde ficamos, onde lavamos a roupa. De todo modo, temos que tomar cuidado: se um velho tronco de árvore enterrado na areia começa a se mexer, é um crocodilo. Passamos a tarde lavando e batendo a roupa, depois estendemos tudo na grama, que sempre é verde, mesmo na estação seca. Aí tiramos a roupa e entramos na água, brincamos de espirrar água, coçamos as costas umas das outras, é bem diferente dos banhos no liceu, os banhos no liceu são tristes. Depois saímos da água para nos secar nos papiros. Ficamos nuas, escondidas no meio dos papiros, espreitando quem passa e zombando deles...

Mas um dia, durante as férias longas (eu estava no sexto ano), fui buscar Speciosa, como fazia todas as manhãs. Ela não estava me esperando na entrada do cercado onde morava. Sua mãe correu na minha direção erguendo o braço para o alto e me disse: "Não entre. Você não pode ver Speciosa, agora ninguém pode ver Speciosa". Não entendi nada. Qual seria a doença contagiosa de Speciosa? Insisti. E repeti para ela: "Speciosa é minha amiga, por que eu não posso vê-la?" Ela acabou deixando, mas disse que, em breve, aconteceria comigo o mesmo que tinha acontecido com Speciosa. Entrei e Speciosa estava na cama, tinham colocado uma camada nova de palha. Quando Speciosa me viu, começou a chorar. Ela se levantou e a palha estava toda impregnada de sangue. "Está vendo, disse ela, é o meu sangue. É assim que a gente vira mulher. Todos os meses, ficarei presa. Minha mãe disse que é isso que acontece com as mulheres. Minha mãe pega a palha manchada e, à noite, escondida, queima a palha. Depois, ela enterra as cinzas bem fundo. Ela tem medo de que uma feiticeira venha roubar minha palha para fazer feitiços e que nossos campos sequem e que eu e minhas irmãs fiquemos estéreis por causa deste primeiro sangue, que poderia colocar toda a família em risco. A gente não vai mais se divertir como antes. Agora, eu sou uma mulher e tenho um pano de mulher, estou triste de verdade." Nós nunca mais brincamos juntas.

Como você, eu também tive minhas primeiras regras na escola. Mas, antes disso, em casa, eu não entendia por que minha mãe vigiava meu peito. Você sabe que, no campo, só temos um pequeno pedaço de tecido para usar como saia, essa é a única roupa das meninas. Nós somos como os meninos, brincamos todos juntos. Quando fiz dez anos, minha mãe e as vizinhas começaram a me vigiar, ficavam olhando para o meu peito enquanto eu dançava, não paravam de me observar. Logo que minha mãe viu que brotavam dois pequenos botões, disse que eu tinha de escondê-los. Disse para não mostrar aos homens, nem ao meu pai. Ela me deu uma camisa velha de um dos meus irmãos e me ensinou como as moças devem se sentar. Mas, ao falar sobre esse assunto, ela baixou os olhos. "Só as moças sem vergonha, e as avançadinhas de Kigali, olham um homem no rosto", repetia ela. Deve ter sido a mesma coisa com você. Mas agora deveríamos estar felizes de ver nosso sangue todos os meses. Isso também quer dizer que somos mulheres, mulheres de verdade que vão ter filhos. Você sabe que, para a gente se tornar uma mulher, precisa ter filhos. Quando casam a gente, é o que esperam. Não somos nada para os maridos e para a nova família se não tivermos filhos. Temos de ter filhos, de preferência meninos. E, quando temos filhos, nos tornamos uma mulher de verdade, nos tornamos mãe, aquela que todos respeitam.

– É claro que eu quero ter filhos como os outros. Mas quero filhos que não sejam hutus nem tutsis. Nem metade hutu nem metade tutsi. Quero que eles sejam meus filhos e pronto. Às vezes acho que seria melhor não ter filhos. Penso em ser religiosa, como a irmã Lydwine. Com véu e vestido longo, tenho impressão de que as irmãs não são mais mulheres como nós. Você reparou que elas não têm seios? Imagino que, quando alguém vira religiosa, também não tem mais regras. Para quê teria?

– Com certeza as freiras têm regras como todas as mulheres. Uma prima minha está no Instituto Benebikira Maria e ela me disse que lá elas também usam proteções higiênicas, como nós.

– De todo modo, não quero ficar como a minha mãe, nem ser tratada como a tratam. Desde que meu pai voltou a ser hutu, ele tem vergonha dela, ele a esconde. Minha mãe não pode mais sair de casa, não pode mais servir cerveja aos amigos do meu pai. Ele chama minhas irmãs mais novas. Só a duras penas ele a deixa ir à missa no domingo, na primeira missa apenas, nunca na principal. Ele até tentou descobrir na linhagem dela um tataravó hutu, um chefe hutu, um *umuhinza*. Todo mundo morreu de rir quando meu pai contou. Meus irmãos mais velhos detestam a minha mãe, dizem que não são como os outros por culpa dela, e na rua chamam eles de mulatos, de *hut-*

*sis*. Jean-Damascène, um militar, disse ao meu irmão que por culpa da minha mãe ele será sempre tenente, nunca vão confiar nele. Só eu ainda falo com ela, escondida, como faço com você. Para mim, ela não é nem hutu nem tutsi, é só minha mãe.

– Talvez um dia haja uma Ruanda sem hutus nem tutsis.

– Talvez. Mas, cuidado, Gloriosa está ali, tomara que ela não tenha visto a gente junta.

– Vai lá, Modesta, rápido, vai ficar com a sua melhor amiga...

O sr. Decker era diferente dos outros professores por duas particularidades. Em primeiro lugar, ele era o único a ter uma esposa. Os outros ou eram solteiros – o que deveria ser o caso dos jovens franceses – ou tinham deixado suas esposas na Europa, talvez elas tivessem se recusado a acompanhá-los até essas montanhas tão inóspitas. De certo modo, a sra. Decker era a única mulher realmente branca no liceu Nossa Senhora do Nilo, porque a madre superiora e a freira intendente não eram nem totalmente mulheres nem totalmente brancas: eram freiras. Elas não podiam se casar, nem teriam filhos, e já não tinham seios. Elas estavam em Ruanda há tanto tempo que já tínhamos esquecido sua cor. Nem homens nem mulheres, nem brancas nem negras, elas eram seres híbridos com os quais todos acabavam se acostumando, assim como, nas paisagens de Ruanda, os quadrados de café ou plantações de mandioca que, nos tempos dos belgas, nos haviam obrigado a plantar. Já a Miss South, talvez fosse mulher, mas não contava porque ela não era branca, era vermelha, era inglesa.

A esposa do sr. Decker nem sempre estava no bangalô com o marido. Ela passava longos períodos em Kigali, mas quando ela estava de volta todos sabiam porque o empregado que lavava a roupa estendia, sob o toldo, atrás da *villa*, as roupas dela. As alunas rondavam o bangalô para admirar o guarda-roupa da sra. Decker. Elas se espantavam com a quantidade de vestidos pendurados, contavam e comparavam, algumas tentavam memorizar o modelo preferido para tentar reproduzir no alfaiate. Quando a sra. Decker chegava no liceu, sempre a aguardavam, espreitavam, comentavam. Era um alívio poder ver, no liceu Nossa Senhora do Nilo, uma branca de verdade, e tinham como provar: a sra. Decker era loura.

A outra particularidade do sr. Decker eram as aulas. Ele era professor de ciências naturais e suas aulas eram como uma arca de Noé. Todos os animais da terra desfilavam por lá. Ele projetava diapositivos em um pedaço de lençol branco preso ao quadro. Sem muitos comentários, o sr. Decker mostrava a lhama do Peru, o yack do Tibete, o urso branco polar, a vaca holandesa, o dromedário do Saara, o jaguar do México, o rinoceronte de Ngorongoro, o touro de Camarga, o tigre da Índia, o panda da China, o canguru da Austrália... Depois, no fim do primeiro trimestre, chegava o grande dia: o sr. Decker mostrava suas fotos, que ele próprio havia tirado, arriscando a própria vida no bambuzal, para além das nuvens, na encosta dos vulcões: fotos de gorilas. O sr. Decker não se cansava de falar nisso. Ele era o único especialista do assunto. Para o desespero da sra. Decker, ele ia todos os finais de semana observá-los, escalando o Muhabura; pelos gorilas, havia desistido, este ano, de voltar para a Bélgica nas férias longas. Parecia que sempre tinha vivido na companhia deles. O macho alfa aceitava-o bem, pois permitira que ele contasse as fêmeas. Uma mãe, de cujos filhos ele havia cuidado, era grata a ele. Embora os guias lhe recomendassem prudência e tentassem contê-lo, o sr. Decker não tinha medo dos grandes macacos, conhecia o caráter de cada um dos membros do bando, previa suas reações e conseguia se comunicar com eles. Além disso, não precisava mais de guias. Os gorilas, concluíra ele, eram a sorte, o tesouro, o futuro de Ruanda. Deveriam protegê-los, aumentar o território deles se preciso fosse. O mundo inteiro tinha confiado uma missão sagrada à Ruanda: salvar os gorilas!

O discurso do sr. Decker sobre os gorilas deixava Goretti fora de si.

– Mais uma vez são os brancos que descobriram os gorilas – explodia ela – assim como foram eles que descobriram Ruanda, a África e todo o planeta! E nós, Bakigas, que sempre fomos vizinhos dos gorilas? E os nossos *batwas*, por acaso tinham medo deles quando os caçavam com pequenos arcos e flechas? Hoje em dia dizem que os gorilas pertencem apenas aos *bazungus*. Só eles podem chegar perto, eles são apaixonados pelos gorilas. Em Ruanda, a única coisa interessante são os gorilas. Todos os ruandeses devem estar a serviço dos gorilas, devem ser empregados dos gorilas, se preocupar só com os gorilas, viver para eles. Existe até uma mulher branca que vive com eles. Ela detesta todos os homens, principalmente os ruandeses, e vive o ano inteiro com os macacos. Construiu uma casa no meio deles e abriu um centro de saúde para os gorilas. Todos os brancos a admiram. Ela recebe muito dinheiro para os gorilas. Eu não quero que os gorilas sejam dos brancos, eles também são ruandeses. Não podemos deixá-los para os estrangeiros. Tenho a obrigação de ir até lá vê-los, eu vou mesmo. Os professores dizem que os macacos são nossos ancestrais, conversa que deixa o padre Herménégilde com raiva. Não é bem isso que minha mãe conta. Ela diz que, antigamente, os gorilas eram homens que fugiram para a floresta e, ela não sabe por que, esqueceram como era ser homem. Por viverem na floresta tanto tempo viraram gigantes cobertos de pelos, mas quando eles veem uma jovem virgem, lembram-se de que eram homens e tentam raptá-las, mas as fêmeas, que são suas esposas legítimas e têm ciúmes, sempre os impedem de fazê-lo.

– Vi no cinema – interrompeu Veronica – um macaco imenso que pegava uma mulher na mão.

– Não estou falando de cinema, ouvi essa história da boca da minha mãe. De todo modo, vou visitar os gorilas. Não podemos deixar que eles sejam propriedade dos brancos, mesmo de uma mulher branca que vive só para eles. Alguém gostaria de vir comigo? Podemos ir durante as férias de Natal. Tenho certeza de que meu pai vai me ajudar. Quem vai querer me acompanhar?

Todas esperaram a reação de Gloriosa, mas ela apenas encolheu os ombros, soltou uma gargalhada e murmurou algumas palavras inaudíveis que, obviamente, deveriam ser depreciativas com os bakigas. Foi Immaculée quem surpreendeu a todas:

– Se eu puder, se meu pai deixar, vou com você.

Gloriosa fulminou com o olhar aquela que, na frente de toda a turma, cometera uma traição.

– Estou cansada de andar de moto com meu namorado – explicou Immaculée. – Quero fazer alguma coisa mais animada e, depois, terei uma novidade para contar a ele: serei uma moça que não tem medo de nada, serei uma aventureira.

Na volta às aulas em janeiro, esperavam impacientes pelo relato de Goretti e Immaculée sobre suas aventuras até os gorilas na montanha. As "exploradoras", como Gloriosa se referira a elas em tom de zombaria, estavam se fazendo de difíceis, como se fossem celebridades. "Elas ficaram em Ruhengeri", caçoava Gloriosa, "bebendo Primus, comendo frango grelhado e observando de longe Muhabura por detrás das nuvens". Mas um dia, depois do jantar, Goretti convidou toda a turma para ir até o seu quarto ouvir a história.

– Então, vocês viram os gorilas?

– Vimos. Meu pai nos ajudou, apesar de estar muito ocupado ultimamente, pois muita gente vai falar com ele na base militar de Ruhengeri. Até o pai de Immaculée foi falar com o meu pai, aliás, foi ele quem a levou até Ruhengeri... Aí, meu pai deu ordens para nos equiparem com um jipe, quatro militares e provisões. Colocamos roupas camufladas e os militares riram tanto quando viram Immaculée com sapatos de salto alto que nos deram sapatos enormes como os deles: coturnos. Vocês vão ver as fotos.

Então, logo que amanheceu, partimos de jipe pela encosta do vulcão até a floresta. Os guias supostamente estariam lá, mas, quando chegamos, não estavam. Ficamos durante um bom tempo esperando. Os militares montaram duas barracas: uma para eles, outra para a gente. Por fim, o líder dos guias se apresentou. Ele estava aborrecido e disse: "Madame, a senhora branca não quer que a gente incomode os gorilas. Disse que os gorilas não gostam dos ruandeses, que têm medo. Só os brancos sabem o que fazer com eles, foi o que a minha chefe disse. Não posso levá-los até lá senão ela vai me expulsar, não quero por nada perder o meu salário, nem posso imaginar os gritos da minha esposa se isso acontecer. Vocês podem seguir em frente, mas eu não serei o seu guia". Ele foi embora às pressas.

Estávamos desesperadas. A senhora branca tinha nos proibido de visitar os gorilas. Então, um dos soldados conversou com o sargento e o sargento veio nos dizer que talvez houvesse um meio de ver os gorilas. O soldado conhecia os batwas e sabia onde ficava o acampamento deles. Se déssemos algo para eles, é certo que aceitariam nos levar até os gorilas. Retomamos o jipe e mergulhamos na floresta, sempre seguindo o soldado. Os batwas fugiram quando nos viram chegar. Mas os militares acabaram pegando um senhor que corria menos do que os outros. O pobre senhor tremia. Immaculée e eu tentamos tranquilizá-lo. Disse a ele quem eu era e o que a gente queria. Por sorte, falo o kinyarwanda como se fala em Bukiga, acho que vocês não deviam zombar do meu sotaque. Quando o senhor finalmente entendeu que gostaríamos de ver os gorilas, chamou os outros de volta e eles começaram a discutir. Demorou um tempo. Mas eu sou filha de um coronel que comanda a base militar e havia quatro militares carregando seus fuzis, então acabamos nos acertando. Eles queriam duas cabras. Uma antes de partir, que eles levariam para as mulheres, e a outra quando nos deixassem perto dos gorilas. Voltamos para as nossas barracas. O sargento foi de jipe comprar duas cabras no mercado mais próximo.

Dormimos dentro das barracas, como soldados de verdade. Na manhã seguinte, os batwas voltaram. Ao chegar, nos perguntaram:

– Onde estão as cabras?

– Aqui – disse o sargento.

Eles examinaram as duas e discutiram durante um tempão. O que parecia ser o chefe disse que queria comer uma das cabras antes de nos levar até os gorilas. O sargento disse que não era possível, que havia gente esperando por ele no campo na manhã seguinte, que teria que ser agora. Os batwas não queriam ouvir nada, eles iam porque iam comer uma das cabras antes, e além do mais tinham pedido às mulheres e crianças para ir ao bosque buscar lenha para o fogo. O sargento disse que o coronel tinha dado ordens para conduzirem a filha até os gorilas, pois ela queria vê-los. Os batwas se viraram para mim e começaram a rir. "Agora as mulheres negras também querem ver os gorilas!" Então, propus a eles que, se nos levassem imediatamente aos gorilas, eu lhes daria uma terceira cabra.

– Bom, então vamos, o chefe acabou dizendo, acho que você é realmente filha do coronel, mas não esqueça que foi você quem nos prometeu uma terceira cabra. Que a desgraça tome conta da sua vida se você não nos der a cabra prometida.

Nós mergulhamos na floresta. Não havia trilha. Os batwas abriam caminho com um facão. "As trilhas", diziam eles, "são para os *bazungus*, nós que somos filhos da floresta não precisamos delas, por acaso uma mãe pode perder seus filhos?" Andamos durante duas horas, talvez três, não sei. Os batwas iam muito rapidamente, sem se virarem para ver onde estávamos. Tropeçávamos a cada passo. Galhos e cipós chicoteavam nosso rosto. Até os soldados estavam preocupados, temiam que os batwas estivessem nos levando para alguma emboscada.

De repente, o chefe dos batwas se agachou e fez um sinal para o imitarmos. Primeiro, fez um barulho esquisito com os lábios, depois pegou uma pequena haste de bambu e a agitou, como se fosse um cumprimento. Então, por entre as árvores, vimos: os gorilas estavam lá, uns dez mais ou menos, não consegui contar direito, e o maior, chefe da família, olhava na nossa direção.

– Abaixe a cabeça – disse baixinho um *mutwa*, não olhe no olho, mostre que ele é o mestre, que você se submete, acho que ele não gosta do seu cheiro.

Enfiei o nariz na terra como os suaílis no bairro de Nyamirambo quando estão rezando. O grande gorila se levantou com um rugido. Ele era imenso! "Está tudo bem", disse o *mutwa*, "ele me reconheceu e está satisfeito, mas não se mexam".

Mesmo assim levantei a cabeça e tive tempo de observá-los: o grande chefe, que ainda estava de sentinela, as fêmeas e os filhotes. Por acaso, estou mentindo, Immaculée? Nós não vimos os gorilas bem de perto? Foi como se tocássemos neles.

– Vimos, sim. As mães gorilas formavam um círculo enquanto o chefe da família ficava de olho na gente. Os filhotes brincavam no meio, se divertiam, davam piruetas, iam mamar na mãe, catavam piolho uns nos outros. As mães mastigavam broto de bambu e depois davam para os seus pequenos comerem assim como as nossas avós fazem com o sorgo. Então lembrei do que a mãe da Goretti tinha falado: que antigamente os gorilas eram homens. Tenho outra hipótese ainda: os gorilas se recusaram a ser homens, eles eram quase homens, mas preferiram permanecer como macacos na floresta, no alto dos vulcões. Quando viram que outros macacos como eles tinham se tornado humanos, mas também tinham se tornado malvados, cruéis, e que eles passavam o tempo matando uns aos outros, se recusaram a virar homens. Talvez seja este o pecado original do qual o padre Herménégilde fala o tempo todo: os macacos se tornaram homens!

– Era só o que faltava, Immaculée filósofa! A senhorita Ruanda faz teologia! É hilário, zombou Gloriosa, você deveria escrever essa história na próxima redação, o padre Herménégilde vai adorar!

– Depois – continuou Goretti sem dar atenção aos sarcasmos de Gloriosa – os batwas nos fizeram um sinal para sairmos sem fazer barulho, disseram que o grande macho estava ficando nervoso, mas acho que eles estavam querendo ir comer as cabras. Voltamos ao acampamento e fomos buscar a terceira cabra. Os batwas compuseram uma música em homenagem às três cabras e voltamos para a base militar. Os oficiais nos felicitaram pela nossa audácia: só as mulheres brancas são capazes de visitar os gorilas.

Todo o auditório aplaudiu o relato das duas "exploradoras".

– Mas, você contou que havia muita gente na base militar – perguntou Gloriosa – vocês sabem o motivo? E você, Immaculée, o que o seu pai tinha para fazer em Ruhengeri, na terra dos bakigas?

– Ele foi comprar batata – respondeu Immaculé – ele só gosta das batatas grandes de Ruhengeri, as *intofanyi*; ele não gosta das batatas pequenas, menores que o dedão do pé, cultivada pelos Banyanduga, de Gitarama, estas, ele detesta!

"O padre Herménégilde é a caridade em pessoa, dizia a madre superiora ao apresentar o capelão e professor de religião aos visitantes, se vocês soubessem o quanto ele dedica seu tempo, mesmo com tantas responsabilidades espirituais e materiais, a vestir com decência os pobres camponeses deste município!" O padre Herménégilde era correspondente em Nyaminombe do Catholic Reliefs Service. Todos os meses um caminhão da organização humanitária vinha entregar enormes pacotes com roupas usadas que os empregados armazenavam em um galpão cedido de má vontade pelo irmão Auxile ao capelão para a obra de caridade. Ninguém entendia por que os professores franceses viam tanta graça na sigla CRS que havia nas lonas dos caminhões. Uma parte das roupas era entregue ao padre Angelo que as redistribuía na paróquia e nas sucursais, outra parte era vendida aos comerciantes do mercado que trabalhavam com roupas usadas, e o dinheiro recolhido servia para comprar tecido azul e cáqui para os uniformes das crianças das escolas primárias de Nyaminombe. O padre Herménégilde também guardava algumas roupas, principalmente vestidos, para as suas obras pessoais.

Para fazer a triagem das vestimentas, o padre Herménégilde pedia ajuda às estudantes e se dirigia principalmente, no começo do ano, às novas alunas do primeiro ano, ainda deslumbradas com as novidades do liceu. "Mostrem que vocês têm um bom coração", pregava ele, "vocês que são da elite feminina do país têm o dever de trabalhar para o desenvolvimento da massa camponesa, ajudem a vestir os que estão nus". As alunas se sentiam na obrigação de comparecer no sábado à tarde na entrada do galpão. Bem poucas ousavam se esquivar. Depois de agradecer longamente pela boa vontade delas, o padre Herménégilde escolhia algumas das voluntárias, preferindo sempre as tutsis cotistas, junto com outras que fossem fisicamente mais graciosas. A elas se juntavam as que já estavam habituadas a participar desde os anos anteriores e que olhavam, com desdém e ironia, as novas escolhidas. O trabalho consistia em fazer a triagem das roupas usadas: uma leva de roupas para as crianças, outra, para as mulheres, e uma terceira leva para os homens. Ninguém sabia muito bem o que fazer com as roupas grossas de frio, capas acolchoadas, chapéus com orelheiras. "Vamos guardar essas para os idosos", dizia o padre Herménégilde, eles sempre sentem frio". Na leva de roupas para mulheres, ele pegava algumas "para as suas próprias obras": os vestidos mais bonitos, as camisas mais bonitas e até algumas roupas de baixo rendadas. "Essas aqui serão para recompensá-las", prometia ele, "para estimular o zelo do grupo".

A recompensa deveria ser retirada no escritório do padre, que também era o seu quarto. Como Veronica estava no primeiro ano, foi uma das primeiras. No fim da aula de religião, quando todas as alunas saíram, o padre Herménégilde quis falar com ela. Ele disse: "Reparei que você trabalhou bem no último sábado e merece uma recompensa. Venha ao meu escritório esta noite, depois do jantar. Tenho uma lembrancinha para você". Veronica não esperava nada de bom da tal "recompensa". As veteranas falavam em voz baixa sobre o assunto e zombavam de quem era recompensada, sobretudo quem era recompensada com frequência. Veronica não tinha ninguém para pedir conselhos, além disso, sabia que era tutsi e que seria imprudente de sua parte não ir receber a "recompensa" do padre.

Ao sair do refeitório, tentou ir discretamente ao segundo andar, onde ficava, ao fim do corredor, o escritório do padre Herménégilde. Ela sentiu que estava sendo observada por todas as outras que, de todo modo, não sentiriam falta dela na sala de estudo. Veronica bateu na porta do escritório com a máxima discrição que pôde.

– Entre rápido – respondeu uma voz surpreendendo-a com uma acolhida tão precipitada.

O padre Herménégilde estava sentado atrás de uma grande escrivaninha preta sobre a qual estavam espalhadas, ao pé de um crucifixo de Cristo de marfim, algumas folhas, talvez rascunhos de aulas e sermões, pensou Veronica. Atrás dele, por baixo de fotos do presidente e do papa, tinha a estátua de Virgem de Lurdes, pintada com as cores da Nossa Senhora do Nilo, sobre uma estante cheia de livros e dossiês. À direita, uma cortina preta fechando um espaço que escondia, sem dúvidas, a cama do capelão.

– Pedi que você viesse – disse o padre Herménégilde –, pois merece uma recompensa. Observei de perto e apreciei o modo como você trabalhou, eu sei que você é uma tutsi, mas mesmo assim acho que é uma bela... uma boa moça. Olhe o vestido bonito que escolhi para você na poltrona ao lado.

Em cima de uma das poltronas reservadas aos visitantes, estava um vestido rosa de renda bem decotado. Veronica não sabia o que fazer nem o que dizer e não ousava se aproximar da poltrona nem do vestido.

– É para você, é para você, não tenha medo – insistiu o padre Herménégilde – mas antes quero ter certeza de que cabe, de que é o seu número, então você tem de experimentá-lo aqui na minha frente, senão vou buscar outro.

O padre Herménégilde se levantou, deu a volta no escritório, pegou o vestido e entregou a Veronica. Ela se preparou para vesti-lo por cima do uniforme, como pedia o pudor ruandês.

– Não, não, assim não, disse o padre, pegando o vestido dela, não é assim que você deve experimentar um vestido tão bonito. Quero saber se ele é realmente do seu tamanho: para isso, você tem de tirar o uniforme, é assim que se experimenta um vestido bonito.

– Mas padre, mas padre...

– Faça o que estou dizendo, você tem algo a temer? Esqueceu que sou padre? Os olhos de um padre ignoram a concupiscência. É como se eles não vissem. Além do mais, você não ficará totalmente nua... não totalmente... ainda não. Vamos, disse ele nervoso, não esqueça da sua condição, se você quiser mesmo continuar no liceu, você sabe o que eu poderia fazer... Rápido, tire o uniforme.

Veronica deixou o vestido azul do uniforme cair aos seus pés e ficou só com o seu sutiã e uma calcinha minúscula sob o olhar do padre Herménégilde que parecia não ter pressa para lhe entregar a "recompensa". Ele voltou a se sentar na poltrona e contemplou longamente Veronica que implorava:

– Mas padre, eu...

O padre Herménégilde por fim se levantou, se aproximou o mais perto que pôde de Veronica, deu-lhe o vestido rosa, e sob o pretexto de fechar o zíper nas costas, desprendeu seu sutiã.

– É melhor assim – murmurou ele – para o decote é bem melhor.

Ele recuou um pouco e foi se sentar na poltrona.

– É certo que está um pouco largo, comentou ele colocando o uniforme e o sutiã no colo, mas vai ficar bem mesmo assim. Da próxima vez, vou arrumar um que seja exatamente do seu tamanho. Tire o vestido e coloque de volta o uniforme.

Veronica aguardou um momento, os braços cruzados sobre o peito, até que o padre lhe entregasse o vestido azul e o sutiã.

– Vá logo encontrar suas colegas, não conte nada a elas, nem mostre o vestido, elas vão ficar enciumadas, diga que você foi se confessar. Só não gostei da calcinha de algodão, da próxima vez vou separar para você uma de renda.

Veronica nunca mais foi recompensada pelo padre Herménégilde. Frida tomou seu lugar. Já na primeira noite, ela pediu ao padre uma calcinha rendada. O resto acontecia atrás da cortina preta.

Durante o ano inteiro Frida foi a preferida titular do padre Herménégilde, o que não impedia o capelão de se dedicar a outras "recompensas", entregues a alunas tão merecedoras e condescendentes quanto ela. Mas, no ano seguinte, Frida demonstrou outras ambições. Passou as férias em Kinshasa com o pai, que era o primeiro-secretário na embaixada. Ele tratava a filha como um ornamento nas recepções e jantares da embaixada. Em Kinshasa, dançavam até o fim da noite e Frida fazia muito sucesso. A tez clara, o jeito opulento e suas formas generosas estavam de acordo com o gosto no Zaire. Havia também certo exotismo por ela ser ruandesa. Ninguém escondeu a surpresa quando ficaram sabendo que um homenzinho mais velho recebia favores da filha do primeiro-secretário da embaixada de Ruanda. É verdade que Jean-Baptiste Balimba ainda se vestia no estilo dos *Sapeurs* do Zaire: terno justo, calça de pata de elefante, colete extravagante. É verdade também que ele era rico e diziam que era próximo do círculo de amigos do presidente Mobutu. O pai de Frida privilegiava abertamente o relacionamento da filha, já que ele só poderia favorecer sua carreira diplomática. Até celebraram um noivado oficial esperando que as negociações levassem a um possível casamento. Evidentemente corriam rumores de que Jean-Baptiste Balimba teria outras esposas ao longo do rio Zaire – que recentemente virou Congo – até Katanga –, hoje em dia, Shabaa – e o pai podia temer que sua filha fosse apenas um "negócio a mais", afinal, um negócio dura apenas um tempo. Para provar sua sinceridade, alguns meses depois Balimba pediu, e conseguiu sem muita dificuldade, o posto de embaixador em Kigali. Ele dizia, para quem quisesse ouvir, que almejava cargos mais importantes, mas estava ali para poder estar mais próximo de sua noiva que, por insistência do pai, deveria completar os estudos no liceu Nossa Senhora do Nilo.

O rumor sobre o noivado de Frida deu o que falar em Kigali e no liceu Nossa Senhora do Nilo onde o padre Herménégilde desistiu, claramente por motivos patrióticos, de seguir com suas "recompensas" para Frida. Além do mais, ela assumiu uma pose de arrogância insuportável com as colegas e chegou a desafiar Gloriosa, que foi obrigada a conter sua exasperação. Mas foi no começo do terceiro ano, algumas semanas depois da volta às aulas, que Frida provocou em todo o liceu espanto e indignação, e em muitos, inveja e admiração.

Num sábado, quando as tempestades anunciaram a estação de chuvas, uma caravana de quatro Land Rovers cruzou o portão do liceu e parou diante do bangalô. O motorista do primeiro carro se adiantou para abrir a porta de trás e um pequeno homem, usando uma jaqueta estilo safári e uma calça branca, Sua Excelência, o embaixador Balimba, desceu do veículo. Ele cumprimentou discretamente a irmã intendente que estava lá para acolher o ilustre visitante. A irmã intendente desculpou-se pela madre superiora que tinha tantas tarefas e não pôde estar presente, mas que receberia a Sua Excelência, se ele quisesse, depois da missa principal, que, naturalmente, Sua Excelência não poderia perder.

Enquanto a irmã intendente mostrava o bangalô ao embaixador, os empregados dele, com uniforme agaloado, despejavam enormes frasqueiras e ocupavam os cômodos da *villa* fazendo uma barulheira, arrastando os móveis de lugar, amontoando comida e bebidas na cozinha, abrindo cadeiras de tecido na sala, colocando o retrato do presidente Mobutu num cavalete, subindo ao quarto do monsenhor uma cama enorme com cabeceira em forma de concha, emoldurada por um fio de ouro, sobre a qual empilharam almofadas de todas as cores e tamanhos.

Um dos empregados instalou no terraço um grande transistor que, imediatamente, despejou um fluxo ensurdecedor de rumbas ao vivo de Kinshasa.

– Frida, minha noiva, não está aqui – disse o embaixador. – Vá buscá-la agora.

Esquecendo-se, em meio ao pânico, de bater à porta, a irmã intendente entrou às pressas no escritório da madre superiora que se reunia com o padre Herménégilde e a irmã Gertrude.

– Minha Madre, minha reverenda Madre, se a senhora soubesse... está ouvindo essa música... uma música de moças fáceis... no liceu Nossa Senhora do Nilo!... Ai, minha madre, se a senhora visse o que está acontecendo no bangalô, o embaixador congolês está fazendo uma bagunça, mudou de lugar a cama do monsenhor, colocou ali um leito para a luxúria, para a depravação... E quer que levemos Frida até lá! Meu Deus!

– Calma, irmã, calma, eu desaprovo tudo isso, mas algumas coisas nos ultrapassam, é preciso aceitar, aceitar e esperar: há males que vêm para o bem.

– Escute, irmã – interrompeu o padre Herménégilde – como disse nossa madre superiora, é pelo bem do país que aguentamos a confusão criada pela Sua Excelência, o embaixador do Zaire. Fui eu próprio que, na volta às aulas, aconselhei nossa madre superiora a aceitar as demandas de Sua Excelência. Aliás, ela recebeu uma carta do Ministério das relações exteriores nesse sentido. Compreenda nossa postura, é pelo bem de Ruanda que aceitamos isso tudo, por este pequeno país que vocês amam tanto, por esta pátria, e, talvez, por um pouco mais. Quando estava no seminário, li um livro sobre os judeus, um livro secreto escrito pelos próprios judeus, não sei quem foi que o revelou. Os judeus escreveram que desejavam conquistar o mundo, que tinham um governo secreto que manipulava todos os outros governos, que se infiltrava por todo o canto. Bom, o que eu tenho a dizer é que os tutsis são como os judeus, há inclusive missionários, como o velho padre Pintard, dizem que eles são os verdadeiros judeus, que está na Bíblia. Talvez eles não queiram conquistar o mundo, mas querem se apossar de toda esta região. Sei que eles têm o projeto de um grande império camita, seus chefes se reúnem em segredo, como os judeus. Há refugiados de seu povo por toda a Europa e América. Eles estão maquinando possíveis complôs contra a nossa revolução social. Já expulsamos muitos deles de Ruanda e estamos de olho nos que restaram, seus cúmplices, mas talvez um dia seja preciso também se livrar destes, a começar pelos parasitas que estão em nossas escolas e universidades. Nossa pobre Ruanda está cercada por todos os seus inimigos: em Burundi, os tutsis estão no poder e massacram nossos padres, na Tanzânia, são os comunistas, em Uganda, os Bahimas, que são primos deles. Felizmente, temos o apoio do nosso grande vizinho, nosso irmão banto...

– Meu padre, meu padre – disse a madre superiora – já chega, chega de política, vamos tentar apenas evitar um escândalo, manter nossas moças inocentes à distância.

– Bom – disse o padre – de todo modo Frida e o embaixador são noivos. Digamos que eles estejam aqui para se preparar para o casamento, eu sou o capelão do liceu... Irmã Gertrude, vá avisar a Frida que seu noivo a aguarda. Vou fazer uma visita a eles à noite e levarei a Frida ao refeitório.

Pouco tempo antes de tocar o sinal para o jantar, o padre Herménégilde se apresentou na escada do bangalô. Ele se dirigiu aos dois guardas com uniformes militares que estavam sentados nos degraus.

– Queiram avisar Sua Excelência que eu gostaria de falar com ele e que vim buscar a jovem para levá-la ao liceu.

– O embaixador não vai receber ninguém – respondeu um dos guardas em suaíli – e ele disse que a jovem passará a noite com ele.

– Mas eu sou o padre Herménégilde, capelão do liceu, e Frida deve voltar ao liceu para a ceia, como todas as outras alunas. Preciso falar com a sua Excelência.

– Não vale a pena insistir, disse o guarda, foi o sr. Embaixador quem decidiu que ela ficasse aqui à noite, você pode ir embora.

– Mas a jovem não pode ficar a noite toda. É uma aluna, ela precisa...

– Vou dizer outra vez: não vale a pena insistir, repetiu o outro guarda que, ao se levantar, revelou sua estatura imponente, a menina também quer ficar, não devemos incomodá-los.

– Mas...

– Já disse que não vale a pena insistir, a menina está com o noivo, o sr. Embaixador veio aqui para isso.

O guarda maior desceu lentamente a escada e avançou, ameaçador, na direção do padre Herménégilde.

– Tudo bem, tudo bem, disse o padre recuando, cumprimente Sua Excelência por mim e diga que lhe desejo boa noite, encontrarei ele amanhã.

Frida ficou no bangalô com seu noivo até domingo à tarde. Quando a caravana de Land Rovers se foi, Frida ficou no último degrau da escada fazendo gestos exagerados de despedida até os carros desaparecerem na primeira curva da estrada. Uma pequena multidão de alunas, mantidas à distância sob ameaças da irmã Gertrude, à frente de uma brigada de empregados, assistiu à cena do jardim e quando Frida, com uma indiferença afetada, abriu passagem através da aglomeração de colegas, ela não se dignou a responder nenhuma das perguntas que fizeram.

– Minha madre, minha madre reverenda – disse a irmã intendente ao entrar no escritório da madre superiora – se a senhora visse o bangalô! Que estado! E a cozinha... e a cama do monsenhor...

– Calma, irmã, eles não vão voltar. Conversei com o sr. Embaixador e mostrei a ele os motivos. Ele reconheceu que seria difícil vir todos os sábados e domingos ao liceu, pois tem obrigações diplomáticas e, com a estação das chuvas, ponderei com ele que a estrada fica bem ruim, ele corre o risco até de ficar preso aqui. Ele concordou. Então, foi o que combinamos: à medida do possível, um carro da embaixada virá buscar Frida no sábado e trazer no domingo... ou, talvez, às vezes, na segunda. Bom, no fim das contas eles são noivos e, como disse o padre Herménégilde, a César o que é de César.

Durante várias semanas, um carro da embaixada vinha buscar Frida aos sábados depois do almoço. O mesmo carro a trazia de volta ao liceu na madrugada de domingo para segunda, ou mais frequentemente na manhã de segunda. A madre superiora e as inspetoras fingiam não ouvir o rangido do portão se abrindo no meio da noite e os professores fingiam não ver quando Frida de repente interrompia a aula para se sentar, ruidosamente, em seu lugar sob os murmúrios reprovadores de suas colegas. Por fim, Frida acabou saindo de seu silêncio desdenhoso: não resistiu mais ao desejo de impressionar as colegas e contar sobre a vida inacreditável que levava com o noivo. Para se reconciliar com as colegas que ela tinha desprezado por tanto tempo e que permaneceriam, independentemente do que ela fizesse, bastante hostis, ela trazia da capital uma cesta de guloseimas: rosquinhas que só as mães suaílis sabem fazer e, principalmente, produtos mais exóticos, como brioches e pãezinhos do padeiro grego e docinhos da Chez Christina, loja de brancos. Sempre trazia Primus e, às vezes, até uma garrafa de vinho, de preferência, Mateus. Quase toda a turma se reunia e se amontoava no "quarto" de Frida, até as duas tutsis cotistas eram convidadas. Quando o sinal de recolher tocava, a inspetora, que também era convidada para a festa, não ousava interromper a noiva de Sua Excelência, o sr. Embaixador. Frida fazia várias vezes o inventário do guarda-roupa que ela tinha na embaixada do Zaire, e usava palavras que impressionavam seu auditório: vestido de noite, vestido de coquetel, saia pantalona, penhoar, baby-doll... Às vezes ela levava uma de suas roupas e mostrava para o deslumbre, sincero ou falso, de todas. Dirigindo-se a Immaculée, que era considerada especialista nos assuntos de beleza, Frida enumerava os produtos que o embaixador Balimba havia recomendado para clarear a pele: removedor de maquiagem, base, loção de flores orientais etc. Ele queria sua noiva mais branca.

– E as joias? – perguntavam as colegas, ansiosas.

É claro que o sr. Embaixador havia oferecido joias à sua noiva: um anel de noivado com um diamante enorme (no Zaire, caminham sobre diamantes), braceletes de ouro e de marfim, colares de pérolas, pedras preciosas, mas o noivo a proibia de usá-las fora da embaixada. "Vai atrair a atenção dos bandidos, e tem tantos em Kigali! O risco é grande: um dedo por um simples anel, um braço por um bracelete, explicava ele, nunca se sabe quem são realmente os militares e os policiais nos bloqueios das estradas." Enquanto Frida estivesse fora, as joias ficariam rigorosamente guardadas no enorme cofre da embaixada.

– E o dote? O que foi que seu pai negociou como dote?

– Não se preocupem, pois não foram vacas nem cabras, mas dinheiro, muito dinheiro! Meu pai e meu noivo vão se associar para criar uma empresa de transporte. Balimba vai colocar todo o dinheiro, o *capital*, como diz ele, e os dois vão comprar caminhões e caminhões-tanques para transportar produtos entre Mombasa e Kigali, mas não vão parar em Kigali, vão também até Bujumbura e até Bukavu, meu noivo conhece o diretor das alfândegas.

– Ah, continuou Frida – se vocês soubessem a vida que eu levo com Sua-Excelência-o-Senhor--Embaixador-do-Zaire-meu-noivo. Frequentamos todos os bares, como o do hotel Milles Collines e do hotel dos Diplomatas. E, na casa do embaixador da França, comemos uma carne em lata bem melhor do que a carne que a irmã intendente serve na peregrinação. Na casa do embaixador da Bélgica, tinha mariscos, mas eu não ousei comer porque não se parecem em nada com a comida de Ruanda... E nunca bebemos Primus, mas cerveja de branco; quando abrimos uma garrafa, e olha que nem precisa de abridor, ela explode como o trovão e, de dentro, sai uma espuma que lembra a fumaça do Monte Nyiaragongo.

– Você acha que meu pai não conhece Champagne? – cortou Gloriosa. – Sempre tem Champagne no escritório dele, para as visitas importantes, eu até já experimentei.

– E você acha que eu não conheço mariscos? – perguntou Godelive – Eu nasci na Bélgica, mas era muito pequena para comer, meu pai sempre fala dessa comida, diz que os belgas só comem mariscos; quando ele vai a Bélgica, minha mãe faz ele prometer que não vai comer.

Frida não dava ouvido às interrupções:

– À tarde, quando faz sol, não tem sesta, pegamos o carro vermelho, sem capota, e saímos de Kigali. Pegamos algumas estradinhas e todo mundo sai correndo, mulheres, crianças, cabras, homens de bicicleta, todo mundo ziguezagueando, perdendo sua carga de bananas e se dispersando pelas ruelas. Buscamos algum cantinho tranquilo, o que é raro de achar em Ruanda. Um bosque de eucaliptos ou alguns rochedos numa encosta. Paramos o carro, eu aperto um botão e a capota se abre. Vocês sabem como são as poltronas do pequeno carro vermelho, parece que estamos deitados numa cama...

Nas grandes chuvas de novembro, um deslizamento de terreno arrastou bananeiras, casas e moradores e interrompeu por várias semanas a estrada que levava ao liceu. Ao mesmo tempo, Frida começou a ter enjoos, vômitos, tonturas. Ela se recusava a tocar no triguilho, comida quase diária no refeitório, e só queria a carne em lata da embaixada francesa. Avisaram o noivo e ele conseguiu, não se sabe como, mandar para ela um pacote cheio de latas. Ela quis que suas melhores amigas provassem, mas elas estavam desconfiadas. Goretti pegou discretamente uma das latas que Frida tinha comido e foi perguntar ao sr. Legrand, professor francês que tocava violão, que tipo de carne era aquela. O sr. Legrand explicou que era a carne de uma ave grande e branca e que, para o seu preparo, obrigavam a ave a comer até ficar doente de tanta comida. E nós comíamos a sua doença. Todas as moças acharam o gosto nojento. Só Immaculée, Gloriosa, Modesta e Godelive, por insistência de Frida, aceitaram provar. Elas constataram que era um pouco mole, parecia terra, ou, como disse Goretti, parece o mato que enche a barriga da vaca e do qual os batwas reclamam quando matam uma. De todo modo, era realmente comida de branco e, dentre as comidas de branco, elas preferiam de longe queijo Kraft e a carne em lata bem vermelha da irmã intendente.

Ninguém tinha dúvidas de que Frida estava mesmo grávida, além do mais ela não escondia a barriga, estava orgulhosa, embora para a família uma gravidez antes do casamento fosse algo vergonhoso.

– Sua Excelência, meu noivo, quer um menino, até agora ele só teve meninas, mas eu terei um menino.

– Ele tem outras mulheres, então? –, insinuou Gloriosa.

– Não, não – dizia Frida – elas já morreram ou foram rejeitadas por ele.

– E como você sabe que terá um menino?

– Desta vez, Balimba tomou todas as precauções. Ele foi consultar um grande adivinho na floresta. Custou muito caro. O adivinho lhe disse que, para se desviar do feitiço que os inimigos tinham jogado nele e que fazia com que ele só pudesse gerar meninas, ele deveria se casar com uma moça da outra margem do lago que ficava embaixo do vulcão. Os feitiços dos envenenadores do Zaire não poderiam atingi-la. Ele deu a Balimba todos os talismãs necessários para ter um menino, todos os *dawas* cujo segredo ele conhecia, para ele e para mim. Eu uso em cima da barriga um cinto de pérolas e conchas. É para ter um filho. Meu noivo tem certeza de que vou parir um menino.

– Você deveria benzer a barriga com o padre Herménégilde – disse Godelive – acho que ele também conhece todas as preces para ter bebês ou, principalmente, para não tê-los.

O estado de Frida logo piorou, ela não queria mais se levantar, queixava-se de fortes dores na barriga. A madre superiora estava preocupada, estava indignada por ter de abrigar no liceu uma moça grávida que ainda não tinha se casado de acordo com os ritos sacramentais da igreja. "É pecado, pecado", repetia ela ao padre Herménégilde que tentava em vão aplacar seus rígidos escrúpulos. "Eles são noivos, madre, são noivos, vou ouvir a confissão de Frida e darei a ela a absolvição". A madre superiora não parava de se lamentar: "Meu padre, já pensou nas outras alunas inocentes, o liceu Nossa Senhora do Nilo transformado num lar para moças grávidas, é um escândalo! Um escândalo completo!".

A madre superiora enviava uma mensagem atrás de outra para o embaixador, pedindo que ele fosse buscar Frida, exagerando cada vez mais a gravidade e urgência de seu estado. Balimba acabou enviando uma potente Land Rover que, passando por caminhos até ali julgados impraticáveis para qualquer veículo, conseguiu chegar ao liceu e levar Frida a Kigali.

A notícia da morte de Frida criou a maior confusão no liceu Nossa Senhora do Nilo. A madre superiora decretou uma semana de luto durante a qual rezaram pela alma de Frida e, no fim, iriam, no domingo, fazer uma peregrinação à Nossa Senhora do Nilo para que esta acolhesse a pequena alma da jovem sob o seu grande manto de misericórdia. O padre

Herménégilde decidiu celebrar nas manhãs daquela semana uma missa com a mesma intenção. Todas as turmas, umas depois das outras, deveriam assistir às missas. A presença da última turma era obrigatória em todas. O celebrante fazia o elogio fúnebre da defunta insinuando, de passagem, que ela tinha sacrificado sua pureza e sua juventude a serviço do povo majoritário. No entanto, ele e a madre superiora não conseguiam esconder certo alívio. Afinal, o drama não tinha se desenrolado no liceu, e a morte de Frida, por mais lamentável que fosse, punha fim ao exemplo escandaloso de uma aluna grávida que foi tolerada no estabelecimento. As palavras de consolo da madre superiora às alunas traziam alusões a um possível castigo divino que teria se abatido sobre a pecadora, o que também estava presente nas intermináveis considerações morais do padre Herménégilde durante as aulas de religião.

Trancadas o dia inteiro no dormitório, sem que ninguém pudesse ir tirá-las de lá, as alunas do último ano se entregaram a um lamento coletivo. O clamor de seus soluços enchia todo o liceu. Os choros ininterruptos comprovavam a sinceridade de sua tristeza e protestavam contra o destino injusto de Frida. Todas estavam unidas no desespero de ser mulher.

Depois, vieram os boatos. Frida tinha morrido de quê? Por quê? Como? Quem tinha deixado ela morrer? A versão oficial dizia que ela sofrera as sequelas de uma falsa gravidez. O carro que a levara para Kigali tinha pegado trilhas em péssimas condições, será que os solavancos teriam provocado sua morte? Neste caso, a madre superiora e o embaixador não seriam um pouco responsáveis também? Por que eles não esperaram a abertura da estrada, que aconteceria alguns dias depois? Ou será que fora a comida de branco, aquela barriga de pássaro doente que Frida comia com tanta gula e que teria envenenado os dois, ela e seu bebê? Muitas achavam que claramente ela fora envenenada, mas não pela comida dos brancos, e, sim, por envenenadores, ruandeses, sem dúvida alguma. Era fácil entender: os inimigos de Balimba seguiram-no até Kigali, pagaram envenenadores ruandeses, *abarozis*, e pagaram caro a eles, muito caro, se damos aos *abarozis* o que eles querem, aceitam envenenar qualquer um, é a profissão deles, são bem mais poderosos que os feiticeiros do Zaire com seus *dawas*. Além disso, talvez os ancestrais de Frida não fossem ruandeses, talvez viessem da ilha de Ijwi ou do outro lado do lago, de Bushi... Então, Balimba...

– Eu acho que foi a própria família que matou Frida – disse Goretti – sem querer, é claro, fazendo com que ela abortasse. Na minha casa, teriam feito isso. Uma moça não pode se casar grávida, nem com um bebê nas costas, mesmo que seja nas costas da empregada. É uma desonra, uma vergonha para ela e para a família, a infelicidade será lançada sobre todos. Então eles procuraram um médico, um médico ruim, só os médicos ruins fazem aborto, ou até um enfermeiro, ou pior ainda uma doula que dá um remédio que aborta ou que mata... tadinha da Frida! Mas se o que eu digo é verdade, a família de Frida deve estar com medo, a vingança de Balimba será terrível, se ele acreditou mesmo que Frida carregava um menino.

O embaixador Balimba pediu sua transferência e conseguiu rapidamente. Ele foi fazer parte da delegação zairense na OUA, Organização da Unidade Africana, em Adis Abeba. O pai de Frida abandonou a diplomacia e se lançou nos negócios, parece que será bem-sucedido...

– Agora chega – disse Gloriosa – acho que já derramamos muitas lágrimas por Frida. Não falemos mais disso, nem entre nós nem com os outros. Está na hora de lembrar quem nós somos, onde estamos. Estamos no liceu Nossa Senhora do Nilo, que forma a elite feminina em Ruanda, nós fomos escolhidas para estar na linha de frente do avanço das mulheres. Vamos fazer de tudo para sermos dignas da confiança que o povo majoritário depositou na gente.

– Gloriosa, você acha que está na hora de fazer mais um de seus discursos políticos, como se estivéssemos numa reunião – disse Immaculée. – Falemos, então, sobre o avanço das mulheres! Se estamos aqui, ao menos a maioria, é pelo avanço da família, não pelo nosso futuro, mas pelo futuro do clã. Antes de vir, já éramos boas mercadorias, afinal somos quase todas filhas de gente rica e poderosa, filhas de pais que saberão nos negociar ao preço mais alto, um diploma só vai aumentar nosso valor. Eu sei bem que muitas aqui gostam desse jogo, afinal não há outro, e que elas têm certo orgulho, mas eu não quero mais participar desse mercado.

– Estão ouvindo só – zombou Gloriosa – ela fala como se fosse uma branca de algum filme ou dos livros que o professor de francês nos dá para ler! O que seria de você, Immaculée, sem seu pai e o dinheiro dele? Você acha que uma mulher em Ruanda pode sobreviver sem a família, primeiro a do pai, depois, a do marido? Você acaba de chegar da terra dos gorilas, aconselho que volte para lá.

– Pode ser que eu volte – disse Immaculée – acho um ótimo conselho.

Logo que acabou a semana do luto, o nome de Frida foi tacitamente banido por todo mundo no liceu Nossa Senhora do Nilo. Porém, ele continuava atormentando as jovens do último ano. Era como uma dessas palavras vergonhosas que a gente conhece, mas não sabe de onde veio nem quem nos ensinou e que, sem querer, acaba saindo da própria boca. Se uma delas pronunciava, num lapso, o nome proibido, todas as outras viravam a cabeça, fingiam não ter ouvido, começavam a falar mais alto para cobrir, apagar, com uma tagarelice fútil, o eco interminável que as duas sílabas repercutiam no pensamento. Pois, a partir daí, esse era um segredo vergonhoso que ficaria agarrado no peito do liceu, bem como no peito de cada uma delas, um remorso sempre em busca do culpado, um pecado que não se expia, pois nunca é reconhecido. Precisavam rejeitar essa imagem: Frida, ela era como o espelho negro em que cada uma podia ler o próprio destino.

Leôncia esperava, impaciente, pela chegada de Virginia no feriado de Páscoa. Virginia sempre fora a filha preferida da mãe, afinal se chamava Mutamuriza, "Não-a-faça-chorar". Agora ela estava no liceu, era uma estudante! A mãe repetia sem parar que a filha era seu único orgulho. Ficava sonhando acordada com o momento de levar a filha, vestindo o uniforme do liceu, nas casas dos vizinhos, para cumprimentar os moradores da colina. Seria um dia de glória. Ela colocaria seu pano mais bonito e avaliaria, com um olhar crítico ou satisfeito, o respeito que cada vizinho demonstraria pela filha que, em breve, teria um diploma, concedido com tanta parcimônia, sobretudo para as moças, e ainda mais para uma tutsi. Um prestigioso diploma de humanidades. Até o chefe do comitê local do partido, que não parava de chatear e humilhar a única família tutsi da colina, ver-se-ia obrigado a recebê-la e a lhe dar as felicitações e estímulos cujas hipérboles não poderiam disfarçar sua obrigação. Leôncia se sentia tranquila: Virginia era estudante e, quando somos estudantes, pensava ela, não somos nem hutu nem tutsi, é como se chegássemos a outra "etnia": que os belgas chamavam, em outros tempos, de evoluídos. Logo Virginia seria professora, talvez na escola missionária que ficava nas redondezas, já que era lá que o padre Jérôme havia percebido a inteligência dela (sua filha mais velha! A que abria o ventre para os irmãos e irmãs, a quem eles deviam a própria vinda, *uburiza*, a que deveria ser uma pequena mãe para os irmãos e irmãs). O padre acabou convencendo Leôncia de que Virginia poderia ter um futuro diferente de cultivar a terra com ela. "Um futuro brilhante", repetia ele, "brilhante!" Ela poderia até, sugeriu ele, para convencer Leôncia, se tornar religiosa no Benebikira Maria, não para ser cozinheira, mas sem dúvida para ser professora, e mais tarde madre superiora, talvez até madre geral. Leôncia preferia que a filha tivesse um bom marido, funcionário, é claro, e que possuísse um Toyota para fazer comércio. Ela já calculava o dote de Virginia: somente vacas. E um pouco de dinheiro também, para construir uma casa de tijolo, uma casa de branco, com porta e cadeado, com telhado de metal que ela veria brilhar de longe, lá do campo. Ela não precisaria mais dormir em cima de palha, mas em colchões que compraria no mercado, em Gahigi, até as crianças teriam colchões, um para os três meninos, outro para as duas meninas. Ela teria uma sala para receber os pais, os amigos, os vizinhos. Principalmente os vizinhos que não precisariam mais se sentar em esteiras, mas em cadeiras dobráveis. E, bem no meio da mesa, uma garrafa térmica enorme, sempre cheia de chá (três litros!), cintilaria os reflexos dourados, aguardando as visitas de domingo à tarde que degustariam o chá ainda morno e não deixariam de dizer entre si, afastando-se um pouco: "Que sorte a de Leôncia ter uma filha que estudou, ela tem um garrafa térmica!".

Em março, chove. E, em abril, chove mais ainda. Chove, chove, chove! Os celeiros ficam cheios e a barriga da criançada arredondada. Durante as duas semanas de férias, Virginia voltava a ser a "pequena mãe" que sua condição de filha mais velha naturalmente lhe conferia. Ela cuidava dos irmãos e irmãs e carregava o mais novo nas costas. Eram também as férias de Leôncia. À noite, as crianças faziam inúmeras perguntas e Virginia contava, como nos contos, as maravilhas do liceu Nossa Senhora do Nilo. Mas era principalmente na plantação que Leôncia admirava a filha. O liceu dos brancos não tinha mudado os hábitos de Virginia. Antes de o Sol nascer, ela era a primeira a pegar seu pano e, com os pés descalços na lama, manejar a enxada. Para se livrar dos parasitas, ela sabia se esgueirar entre os caules de milho, nos quais os feijões tentavam se enrolar, sem danificar os mais precoces, semeados em dezembro. Ela sabia distinguir o sorgo que nascia no mato ruim e que o ameaçava e, para arrancá-lo, saltava entre os montes de terra que cobriam as batatas doces. "Ah, dizia Leôncia, essa é minha filha! Que seu nome lhe traga sorte, Não-a-faça-chorar."

Enquanto capinava os feijões, Virginia anunciou à mãe que iria, na manhã seguinte, à casa de Skolastika, sua tia paterna.

– É certo que você deve visitar sua tia – disse Leôncia. – Eu já deveria ter dito isso antes. Skolastika não é minha irmã, é irmã do seu pai, mas vocês duas descendem de Nyogosenge. Eu sempre disse que você precisa estar nas boas graças da sua tia. Se ela se chatear, lá vem tristeza para cima da gente! A tia paterna é como uma tempestade que ameaça. Se ela se irrita, lá vem desgraça. Skolastika sempre foi um bom augúrio para você e será boa para o seu diploma. Mas você não pode ir à casa da sua tia de mãos vazias. O que ela vai pensar de mim e do seu pai? Recolha as enxadas, vamos rápido preparar cerveja de sorgo para a sua tia.

Passaram o dia inteiro preparando cerveja de sorgo, sem a qual Virginia não poderia se apresentar à tia. Leôncia estava preocupada. Em casa, não tinha nem *amamera*, sorgo preto que serve para fabricar a cerveja, nem fermento, o *umusemburo*. Era preciso pedir aos vizinhos. Alguns não tinham, outros claramente não queriam dar. Em todas as situações, ela precisava passar um bom tempo com trocas de gentileza. Leôncia se esforçava para não transparecer sua impaciência. Foi a velha Mukanyonga que acabou cedendo exatamente uma pequena tigela, depois de um interminável monólogo sobre sua miséria e as tristezas da época. A preparação da cerveja de sorgo não leva muito tempo quando já se tem *amamera* e *umusemburo*, mas era preciso, para servir de recipiente, achar uma cabaça bem arredondada e com o gargalo encurvado, e guardá-la num cesto sofisticado (com uma tampa pontuda) que Leôncia sabia trançar, ornado com uma grinalda de folhas de bananeira. Enrolaram o valioso presente num lenço que Virginia tinha levado do liceu e guardaram em sua bolsa.

A caminhonete parou no mercado de Gaseke. Graças ao uniforme de estudante, Virginia tinha conseguido um lugar ao lado do motorista. Ela esperou que a mulher enorme que, a cada curva, a esmagava com sua carne quente e molenga, conseguisse, gemendo e limpando o suor, arrastar-se para fora da cabine. Os passageiros na parte de trás já tinham descido e pegado suas bagagens: colchões enrolados por fios de sisal, placas de metal, duas cabras, potes de geleia cheios de cerveja de banana ou de petróleo... Os empregados vieram correndo de uma loja que ficava num dos lados da praça lamacenta onde estava o mercado e descarregaram os potes de óleo de palma e os sacos de cimento tão aguardados pelos comerciantes paquistaneses.

Virginia entrou na loja, comprou uma garrafa de Primus e depois, no mercado, negociou durante um bom tempo com um velho rabugento um pedaço de tabaco que ele cortou na ponta da longa espiral trançada, e, por fim, encaminhou-se para as mulheres sentadas em esteiras gastas que vendiam, em pratos decorados com flores vermelhas, rosquinhas assadas. Ela comprou três pratos sob os olhares de inveja dos meninos que, sentados de pernas cruzadas na frente da vendedora, passavam todo o tempo que durava o mercado contemplando essas delícias inacessíveis. Virginia tomou o caminho que levava até a colina onde morava sua tia.

A trilha estreita ia pelo alto das colinas e por cima das terras cultivadas que desciam até um pântano plantado com milho. Olhando da trilha, até onde a vista alcançava, havia pequenas casas, redondas ou retangulares, umas cobertas de colmo, outras, em menor quantidade, de telhas, que se espalhavam em vários níveis pelas colinas. Muitas ficavam escondidas por baixo da densa cobertura das plantações de banana e sua presença só podia ser percebida pela fumaça azulada que subia preguiçosamente por cima das folhas lustradas. Em quadrados regulares, os cafeeiros já estavam carregados de cachos de grãos vermelhos. Na parte baixa pantanosa, subsistiam algumas plantações de papiros e, sem se importar com os camponeses trabalhando, quatro grous coroados exibiam-se com sua elegância despreocupada.

No topo da mais alta colina, erguiam-se as imponentes construções missionárias. A torre dentada da igreja fez Virginia se lembrar de uma ilustração de seu livro de história: o castelo que, antigamente, segundo a lição repetida tantas vezes pela irmã Lydwine, era a residência dos nobres guerreiros na Europa.

O Sol estava quase se pondo por detrás das colinas quando Virginia avistou, no fundo da trilha, a casa de sua tia. Sem dúvida, Skolastika reconhecera ao longe a silhueta da sobrinha e, em seguida, abandonou a plantação, juntou num pano as batatas-doces que tinha acabado de desenterrar para o jantar, escalou apressada a encosta e, antes que Virginia chegasse, ficou na entrada do cercado onde morava esperando. Teve tempo apenas de arrancar um pouco de mato para limpar os pés e as pernas da crosta de terra e de baixar o pano que ela tinha levantado para trabalhar no campo. Virginia tirou o cesto da sacola e o equilibrou, como se deve, em cima da cabeça. "Seja bem-vinda, Virginia, disse Skolastika, eu sabia que você viria, me avisaram. Ontem à noite, o fogo começou a crepitar e as faíscas dançaram por cima das chamas. Era o presságio de uma visita. Então, pronunciei as palavras adequadas para este momento: '*Arakaza yizaniye impamba*, que o hóspede não chegue de mãos vazias!' Mas eu sabia que era você. Eu sou Nyogosenge, sua tia paterna. Leôncia deixaria você vir."

Ela fez um sinal para a sobrinha entrar no pátio e as duas avançaram na direção da casa. Skolastika parou na soleira da porta e Virginia se inclinou com delicadeza para que a tia pudesse pegar o cesto. Ela o segurou com as duas mãos e o colocou, lentamente e com cuidado, sobre a prateleira atrás da porta, antes de levá-la ao seu lugar de honra, entre a batedeira e os potes de leite.

Estava na hora de prosseguir com o ritual de boas-vindas. Skolastika e Virginia se abraçaram durante um tempo se apertando, enquanto a tia murmurava ao pé do ouvido da sobrinha uma longa litania de votos: "*Girumugabo*, que você tenha um marido" *Girabana benshi*, muitos filhos! *Girinka*, que você tenha vacas! *Gira amashyo*, um grande rebanho! *Ramba, ramba,* uma vida longa! *Gira amahoro*, que a paz esteja com você! Kaze neza, seja bem-vinda!"

Skolastika e Virginia entraram juntas na casa. Skolastika abriu o cesto que Virginia tinha levado, tirou a cabaça, escolheu dois pedacinhos de palha no estojo para servir de canudo, e entregou os dois a Virginia. As duas mulheres se agacharam uma de frente para a outra. Skolastika colocou entre elas o recipiente. Elas chuparam a cerveja com a palha. Skolastika soltou um profundo suspiro que mostrava o seu contentamento.

O primeiro dia de Virginia na casa da tia foi dedicado a fazer a visita triunfal aos vizinhos. À noite, Skolastika mostrou para a família reunida os sinais de honra que distinguiam a sobrinha estudante. Até mesmo na casa de Rugaju, o pagão, ela fez questão de mostrar (Skolastika aproveitou para sugerir a ele de batizar os filhos – ao menos os meninos – para que pudessem ir à escola como os outros). O marido de Skolastika interrogou Virginia longamente sobre seus estudos: ele tinha frequentado o seminário durante dois anos e mostrou a ela com orgulho três livros de aritmética, gramática e conjugação que tinha guardado como testemunho de seus estudos superiores. Skolastika parecia não estar gostando do interesse que o marido dava à sobrinha. Na hora de ir deitar, depois de muita hesitação e grandes rodeios cheios de constrangimento, reverência, respeito e desculpas, Virginia decidiu confessar à tia que não iria à missão no dia seguinte como havia previsto. Ela deveria ir à casa de Clotilde, sua amiga de infância, com quem ela tinha brincado, dançado e pulado corda quando ia à casa da tia. Ela soube que Clotilde tinha se casado e acabara de ter um filho. Ela tinha prometido visitar a amiga assim que chegasse. Skolastika ficou chocada com a audácia da sobrinha com uma tia paterna, mas decidiu não expor sua contrariedade. Afinal, Virginia era uma estudante e, no liceu, seus professores eram brancos, algumas atitudes nas pessoas que viviam com brancos eram difíceis de compreender. "Bom, disse Skolastika, vá então à casa de Clotilde, depois de amanhã você vem comigo à missão. O padre Fulgence quer vê-la."

Virginia ficou um pouco ansiosa ao se despedir da tia antes de ir visitar Clotilde. Mas Skolastika não transpareceu nem um pouco sua decepção com a sobrinha e até mesmo lhe deu um punhado de bananas *igisukari*, o açúcar dos açúcares, para Clotilde e seu bebê. Virginia colocou a banana em sua bolsa e seguiu o caminho para a casa da amiga. Contudo, depois dos eucaliptos, ela desviou do caminho e, depois de dar uma série de voltas, acabou em um declive abrupto que descia para um pântano. Na metade da encosta, ficava a casa de Rugaju, o pagão. No pátio, algumas crianças vestindo farrapos brincavam, corriam, brigavam. Eles ficaram surpresos ao ver Virginia entrar.

Virginia fez um sinal ao mais velho, que parecia ter uns dez anos.

– Vem aqui, quero dizer uma coisa.

O menino hesitou e, depois de ter afastado os irmãos e irmãs, aproximou-se de Virginia.

– Como é o seu nome?

– Kabwa.

– Kabwa, você conhece Rubanga, sabe onde ele mora?

– Rubanga, o feiticeiro? Sim, conheço Rubanga. Fui algumas vezes à casa dele com meu pai. Só o meu pai para ir à casa desse velho caquético. Todo mundo diz que ele é louco, mas também dizem que é envenenador.

– Quero que você me leve até Rubanga.

– Você, uma estudante, na casa do Rubanga! Você tem alguém para envenenar!

– Não quero envenenar ninguém. Queria só fazer um pedido a ele, é para o liceu.

– Para o liceu? Fazem cada coisa estranha na escola dos brancos!

– Se você me levar até lá, vou te dar rosquinhas.

– Rosquinhas?

– E uma Fanta.

– Uma Fanta Laranja?

– Uma Fanta Laranja e rosquinhas.

– Se você me der mesmo uma Fanta Laranja, eu levo você até Rubanga.

– A Fanta Laranja e as rosquinhas estão na minha bolsa. Quando eu puder ver o lugar onde Rubanga mora, elas serão suas. Aí você precisa ir embora e não contar nada a ninguém. Você já ouviu a história da madrasta que deixa a criança que não é seu filho adormecer na argamassa? Vou pedir a Rubanga para te amaldiçoar; se você contar a alguém que estive lá, você vai ficar como o menino na argamassa: você não vai mais crescer e nunca terá barba.

– Não vou contar nada, nem para o meu pai, mas me mostre a Fanta Laranja antes, quero ter certeza de que você não está mentindo.

Virginia abriu a bolsa e mostrou a ele a Fanta e as rosquinhas.

– Me siga, disse Kabwa.

Virginia e seu guia retomaram o caminho que descia até o pântano. Virginia cobria a cabeça com seu pano por medo de ser reconhecida, mas, nesses meses de chuva, poucas mulheres se aventuravam pelo vale e, além disso, o caminho estreito acabava na extremidade do pântano, uma região que ficava cercada pelas encostas íngremes e ainda não tinha sido cultivada.

Kabwa apontou para um buraco no meio da espessa folhagem de papiros.

– Cuidado para não ir à direita nem à esquerda, se não você vai afundar na lama. Não conte comigo para tirar você de lá, pois eu não tenho força. Além disso, se você encontrar o hipopótamo, deixe-o passar primeiro, afinal, estamos no meio do caminho dele, mas não tenha medo, acrescentou Kabwa rindo, ele só sai do lago à noite.

Eles afundaram por baixo do arco de plumas de papiros. Virginia se esforçava para não dar atenção aos barulhos constantes que saíam da água turva do pântano nem nos movimentos bruscos e viscosos que criavam bolhas na lama negra.

– Chegamos, disse Kabwa.

A folhagem de papiros ficou mais escassa e foi possível ver uma ilhota de pedra cujos arbustos espinhosos pareciam perdidos no meio do pântano.

– Está vendo ali – disse Kabwa apontando para uma cabana no alto da pequena proeminência, é onde Rubanga mora. Trouxe você onde você queria, agora me dê o que você tinha prometido.

Virginia deu a ele a Fanta e as rosquinhas e Kabwa desapareceu depressa na brecha aberta no meio dos papiros.

Ao chegar perto da cabana, Virginia viu um senhor pequeno deitado num pedaço de pano. Ele estava enrolado com um cobertor marrom e vestia um chapéu de lã com um enorme pompom vermelho. Tinha um prendedor de madeira apertando suas narinas.

Virginia se aproximou lentamente, tossindo para mostrar sua chegada. O senhor não parecia ter se dado conta da sua presença.

– Rubanga – disse ela lentamente – Rubanga, vim para falar com o senhor.

Rubanga ergueu a cabeça e olhou Virginia por um bom tempo.

– Você veio falar comigo, você, uma jovem bela como você! Então deixe-me olhá-la, há tanto tempo não vem em casa uma jovem bela como você. Sente-se à minha frente para que o Sol me mostre seu rosto.

Virginia se agachou apoiando-se nos saltos.

– Agora, sim, vejo seu rosto. Você quer um pouco de tabaco como eu? Veja, enchi meu nariz de tabaco. Antigamente as mulheres também gostavam de colocar tabaco no nariz.

– Mas hoje em dia, Rubanga, as jovens não fazem mais isso. Olha, eu trouxe isso aqui para você, disse entregando a ele a garrafa de Primus e o pedaço de tabaco trançado guardado em um pedaço de casca de bananeira.

– Você veio aqui no fundo do pântano me trazer uma garrafa de Primus! Você não é minha filha. Como você se chama? O que você quer de mim?

– Eu me chamo Virginia, meu nome de verdade é Mutamuriza. Sou aluna no liceu. Sei que você conhece muita coisa dos tempos antigos, é o que todo mundo diz para Gaseke. Vim para perguntar sobre as rainhas de antigamente. Quando elas morriam, o que acontecia? Eu sei que você conhece essas coisas.

– Não dizemos que a rainha morreu. Nunca. Não diga isso pois pode trazer azar. Você quer saber o que acontecia com elas?

– Diga-me. Eu preciso saber.

Rubanga virou os olhos, tirou o pregador que apertava o nariz e, apertando cada narina com o indicador, fez escorrer um filete marrom. Ele enxugou os olhos lacrimejantes com o dorso da mão, limpou a garganta, cuspiu, puxou as pernas e segurou a cabeça com as mãos descarnadas. Sua voz inicialmente fina e trêmula se intensificou.

– Não me pergunte essas coisas. É um segredo. Um *ibanga*. Um segredo dos reis. Eu sou um dos guardiões dos segredos dos reis. Sou um *umwiru*. Você sabe meu nome, meu nome carrega o segredo. Não sei todos os segredos dos reis, sei apenas aqueles que me deram para guardar e os *abirus* não revelam seus segredos. Na minha família, não revelávamos os segredos que o rei tinha confiado à nossa memória. Eu sei que há alguns que venderam os segredos aos brancos. Os brancos escreveram esses segredos, fizeram até um livro, pelo que soube, mas o que os brancos entendem dos nossos segredos? Eles só vão trazer desgraças. Existe até um *umupadri* ruandês que tentou se fazer passar por um *umwiru*. Ele também escreveu os segredos, mas acabou nos trazendo desgraças. O rei teria mandado matar ele. Seus *batwas* teriam furado os olhos dele e arrancado a língua antes de jogá-lo no Nyabarongo. Bom, eu guardei o segredo que o rei me confiou e agora zombam de mim. Os *abapadris* dizem que sou um feiticeiro. O prefeito me colocou muitas vezes na prisão, não sei por quê. Dizem que sou louco, mas minha memória não esqueceu nada que o rei confiou à minha família. Para um *umwiru*, o esquecimento é a morte. Às vezes, o rei reunia todos os *abirus* na corte. Dava a eles vacas, jarros de hidromel. Eles recebiam honrarias de todos os poderosos da corte. Mas os grandes *abirus*, que conheciam todos os segredos – eram quatro, o maior era Munanira – verificavam a memória dos outros. Era como o exame nacional de hoje em dia. A desgraça caía sobre os que esqueciam alguma coisa. Na menor hesitação, na menor omissão, eles eram destituídos, enviados de volta para casa, para sua vergonha e para a vergonha dos seus.

Agora não há mais reis, os grandes *abirus* morreram, foram mortos ou partiram para o exílio. Assim, recito meus segredos para as flores vermelhas de eritrina. Olho bem para ver se não há ninguém ouvindo entre as flores vermelhas que são o sangue de Ryangombe, o mestre dos Espíritos. Mas com frequência as crianças me seguem e se escondem para ouvir o que eu recito e, quando descubro que elas estão lá, corro atrás delas, que se salvam gritando: "*Umusazi! Umusazi!* Ele está louco! Ele está louco!". E, se elas contam às mães o que viram e o que ouviram, ela dirá: "Não diga nada do que você viu, não repita nada do que ouviu para ninguém, nem aos vizinhos, nem ao mestre, nem ao *umupadri*. Não diga nada. Esqueça o que você viu e o que ouviu. Nunca fale sobre isso". Então, por que você veio me ver? Você também quer que eu revele meus segredos? Você quer vendê-los aos *bazungus*? Você quer colocá-los num livro? Uma jovem bonita como você quer atrair sobre si a maldição?

– Não vou revelar seus segredos. Se você contar, vou guardar comigo, no fundo da minha memória. Se venho aqui até você é porque acredito que uma rainha me enviou. Uma rainha de antigamente.

– Uma rainha de antigamente? Você viu sua *umuzimu*?

– Talvez. Vou contar o que aconteceu. Fui até a casa de um branco com uma amiga. Ele é doido de pedra. Ele acredita que nós, os tutsis, somos egípcios e que viemos do Egito. Você sabe o que os brancos costumam inventar sobre os tutsis. Esse doido encontrou, nas suas terras, o túmulo de uma rainha e desenterrou seus ossos, mas não doou a um museu. Ele construiu um monumento por cima e nos explicou que era assim que faziam as rainhas negras chamadas Candace. Ele quis que eu fingisse que era uma Rainha Candace para ele. Ele nos mostrou fotos. Não sei o que se deve fazer com os ossos de uma rainha. Ouvi dizer que antigamente uma serpente píton velava por ela. Eu não vi nenhum píton, só a Rainha. Nos meus sonhos, eu vi a Rainha, não de verdade. Era como uma nuvem, um pedaço de nuvem se esfiapando na encosta da montanha. Através dessa nuvem, de tempos em tempos, o Sol brilhava. Era uma nuvem brilhante, mas sei que era a rainha. E, às vezes, por detrás da máscara de gotinhas de luz, vejo o rosto dela. Acho que ela está me pedindo para fazer alguma coisa. Ela não me deixa mais em paz. Você que conhece os segredos dos reis, diga-me o que eu devo fazer.

– Você veio de onde?

– Estou na casa da minha tia paterna, Mukandori.

– Eu conheço sua tia. E conheço sua família. Você é de uma boa linhagem. Eu também pertenço a ela. É só por isso que vou contar o que sei. Mas não repita a ninguém, está ouvindo? E que a sua tia, que vai muito à missão e carrega um rosário no pescoço, não fique sabendo que você veio aqui. Não conte aos brancos que querem saber de tudo e não entendem nada. Eu quero ajudar você e o *umuzimu*, sobretudo o *umuzimu* da rainha. Eu acho que o branco despertou o *umuzimu* do seu grande sono. Quando despertamos os espíritos do sono tranquilo da morte, eles ficam furiosos e podem se transformar em leopardo, em leão. Era isso que achávamos antigamente.

Uma vez há bastante tempo fui ao funeral de uma rainha. Ninguém podia dizer que a rainha estava morta. Dizíamos: "Ela bebeu hidromel". Eu era bem novo na época, acompanhava o meu pai. Ele disse: "Venha comigo, tudo o que você vai me ver fazer, você fará um dia. Em seguida, vou lhe transmitir o segredo que o rei confiou à nossa família. Você também vai transmiti-lo a um de seus filhos". Meu pai se enganou: eu nunca fiz o que ele fez. Meus filhos frequentaram a escola dos brancos, eles têm vergonha do próprio pai. O segredo desaparecerá comigo. Agora você, que é jovem, vem até aqui e eu vou te contar como acompanhamos uma rainha para a sua última morada, fique atenta pois acho que isso pode ajudar.

Para começar, deixaram o corpo da rainha secando. Os *abirus* acenderam um fogo embaixo do leito de repouso e a viraram para que ela secasse bem. Enrolaram seu corpo em um tecido feito com folha de figueira. Meu pai era um grande *umwiru* e ele tinha levado uma vaca para a rainha. Ele me dera para carregar um grande pote de leite, um *igicuba*, que tinha sido feito para a ocasião e estava novo. Meu pai tirou leite da vaca para oferecer à rainha. Preste atenção no que vou dizer. Havia uma mulher conosco, uma jovem virgem. Não era uma *umwiru*. Não há mulheres *umwirus*. Era uma criada da rainha e fora escolhida para estar lá porque era a criada preferida da rainha, sua *inkundwakazi*. Eu dei a ela o pote cheio de leite para ela levá-lo para a rainha. Era para o *umuzimu* da rainha. Ouviu bem o que eu disse? A criada preferida da rainha era uma jovem virgem que levava o leite. Em seguida, fomos ao lugar designado pelos feitiços para ser o lugar de repouso da rainha. A viagem durou quatro dias. Todas as noites éramos acolhidos num abrigo construído para receber a rainha e os *abirus*. Havia jarros de cerveja, sorgo, bananas e hidromel que nos esperavam. Quando íamos embora, destruíam o abrigo. Ali onde a rainha deveria descansar, construiríamos uma cabana com uma cerca ao redor. Uma cabana para a rainha e uma cabana para nós, *abirus*. A única função do meu pai era conduzir a vaca, a minha única função era dar o pote de leite para a criada, e a da criada, era levar o leite até o leito da rainha. Ficamos quatro meses perto dela. Recebíamos cerveja e mantimentos em abundância. Depois de quatro meses, um enviado do rei foi avisar que o período de luto tinha acabado. Fomos embora. Deixamos a cabana da rainha como estava para que despencasse sozinha. As figueiras próximas da cerca se tornariam grandes árvores. Em breve, tudo viraria uma pequena floresta: o *kigabiro* da rainha. Ai de quem ousar entrar ali! Tinha também uma grande árvore, uma eritrina, que não fora plantada, já era grande quando chegamos. Acho que os *abirus* tinham escolhido aquele lugar para a rainha por causa dessa árvore. Na estação seca, ela fica cheia de flores: é a única árvore de todas que aceitou acolher Ryangombe quando foi morta por um búfalo, as flores vermelhas são o sangue dela. O espírito da rainha não ficou no túmulo perto dos seus ossos, mas foi acolhido pelas flores vermelhas, foram elas que ficaram com o *umuzimu* da rainha. Maldito seja quem ousar se aproximar dessa árvore com um machado!

Não sei o que houve com a criada da rainha. Não tenho a menor ideia. Talvez tenha ficado perto da rainha. Não me pergunte.

Foi isso o que eu vi, é tudo que sei, é o que tenho para contar. Só revelei tudo isso porque acredito que você realmente viu o espírito da rainha. O branco deve ter despertado o *umuzimu* dela que agora precisa ser acalmado, precisa reencontrar o sono da morte. Se a rainha está perseguindo você em sonhos, talvez ela esteja procurando a criada, a que era a sua preferida, que estava sempre ao lado dela e a apoiava, pois as rainhas tinham dificuldade para andar por causa dos anéis de metal amarrados até o joelhos. Ela está procurando a que lhe dava o leite, mesmo depois da morte, quando o sono da morte ainda não tinha entorpecido seu espírito. A sombra da rainha tem de se dissipar na bruma da Morte e se perder de novo ali, se não ela continuará a atormentá-la e a atormentar os vivos, ela vai atormentar você até que se junte a ela no país dos Mortos. Volte aqui outro dia e direi o que você deve fazer.

– Eu voltarei, mas prometa que vai afastar de mim essa rainha ou fazer com que ela me olhe de um jeito positivo.

– Vou dizer o que você tem de fazer e vou lhe dar o que você precisa: eu sou um *umwiru*.

– Você veio tarde – reclamou Clotilde – achei que não viesse mais.

– Você sabe como são as tias paternas, aproveitam o respeito que temos por elas. Ela aceitou que eu viesse, mas na hora de sair, encontrou todos os pretextos para me segurar o máximo de tempo possível, acho que foi um modo de impor sua autoridade. E a gente não tem o que fazer para conter uma tia paterna.

Dois dias antes de Virginia ir embora, Skolastika deixou que ela fosse se despedir da amiga. "Não sabia que você gostava tanto dessa Clotilde – disse a tia num tom que mesclava amargura e suspeita – mas não quero contrariar uma moça instruída, você sabe o que faz, então vá se despedir de sua grande amiga antes de partir."

Depois do pequeno bosque de eucaliptos, Virginia seguiu o caminho do pântano.

– Você está indo ver o feiticeiro outra vez – disse Kabwa quando ela passou na frente da casa de Rugaju. – Você quer que eu a leve?

– Não preciso mais de você, agora sei o caminho. Embora você se chame Kabwa, não quero um cachorrinho ao meu lado.

– Me dê alguma coisa.

– Você sabe o que eu pedi pro Rubanga fazer com você: se você contar alguma coisa, será amaldiçoado. Mas mesmo assim fique com essa moeda.

– Prometo que não vou contar nada, eu não vi ninguém.

Virginia afundou nos papiros desviando-se da agitação e dos murmúrios, dos voos e barulhos que enchiam o pântano com uma miríade de vidas próximas, mas sempre invisíveis. Por fim, ela chegou à colina onde Rubanga morava.

Ela o encontrou como da primeira vez agachado diante da cabana, mas sem seu prendedor no nariz.

– Estava esperando você, disse Rubanga, já sabia quando você viria. É que nós, os *abirus*, somos um pouco adivinhos, *abapfumus*. Você fez bem em voltar, não só por você, mas também pelo *umuzimu* da rainha. Ela está sofrendo, tadinha. Ao desenterrar os ossos dela, o branco a acordou do sono da Morte. Agora, ela encontrou um refúgio nos seus sonhos e escolheu você para ser a criada preferida. Por isso, quer sua ajuda para levá-la de volta ao país dos Mortos, quer que você seja sua companhia, mas você é jovem demais para ir para o país dos Mortos. Então, fui até lá por você, onde ninguém deve ir. Isso que vou dizer é o grande segredo, ao menos uma parte do grande segredo. Se eu contar, você passará a ser também uma *umwiru*, mas não completamente, pois não há mulheres *umwirus*, de qualquer maneira, você vai fazer parte do segredo. Por isso preparei o que os *abirus* devem tomar para guardar o seu segredo.

Ele entregou a Virginia uma pequena cabaça e um pedacinho de palha.

– Você vai tomar isso aqui.

– Por que você quer que eu tome? O que é isso?

– Fique tranquila, não é veneno, ou ainda não é. Isso que você deve tomar é o *igihango*. Todos os *abirus* tomam ele. Beba, pois ele vai protegê-la, mas, se você trair o segredo, o *igihango* se transformará em veneno e, aí, doença e a desgraça vão se abater sobre você e toda sua família. Se você quebrar o segredo, o segredo vai quebrar você.

– Eu confio em você, e não tenho escolha, me dê aqui. Não vou quebrar o segredo.

Virginia sugou com o pedaço de palha e um líquido amargo e pelando invadiu sua boca. Ela segurou o choro.

– Bom, você é corajosa. Agora escute. Eu fui até o grande pântano sem fim de Nyabarongo, tudo por você e pelo *umuzimu* da rainha. Não há caminhos por lá, se você afunda, terá que ficar caminhando,

caminhando, sem nunca conseguir sair. Mas sei como ir até uma pequena cabana, não é uma simples cabana, embora pareça com o abrigo de um caçador, é a Morada do Tambor. Quando você entra na cabana, não dá para ver o Tambor, não dá para ver nada, pois ele está na terra, enterrado no fundo, bem debaixo de você. É o Karinga, Tambor dos reis, Tambor de Ruanda, a Raiz de Ruanda, em suas entranhas está toda a Ruanda. Você já ouviu o grunhido de Karinga? Ao contrário dos outros tambores, nos quais temos que bater para o som sair, Karinga faz seu grunhido sozinho – e quando soltava o seu grunhido, toda Ruanda ouvia, diziam que tudo que havia debaixo do céu ouvia, então de repente as mulheres ficavam imóveis, inclinadas sobre as enxadas, os homens ficavam com a mão paralisada debaixo dos copos sem conseguir colocar o pedaço de palha para sugar o líquido, o caçador que esticava a corda de seu arco não podia soltar a flecha, o pastor que tocava flauta perdia o ar, as vacas esqueciam de pastar e as mães de dar de mamar ao bebês. Quando Karinga parava de mugir, era como se o país despertasse de um grande feitiço. Ninguém sabia dizer quanto tempo Karinga tinha soado. Seus inimigos o perseguiam, queriam queimá-lo, então ele fugiu para baixo da terra. Seus inimigos o procuraram, mas não encontraram. Talvez um dia Karinga ressurja da terra. Ninguém sabe quando. De todo modo, ele segue debaixo na terra velando Ruanda, pois ninguém descobriu o que o ventre do tambor contém. Eu mesmo ignoro. Ninguém viu o coração de Karinga. Este é o segredo dos segredos.

A voz de Rubanga ficou trêmula ao pronunciar o nome do tambor. Ele ficou calado por um tempo.

– Bom... Agora, preste atenção, vou contar o que eu fiz por você e pelo *umuzimu* da rainha... Eu me deitei bem em cima do lugar onde está enterrado o Tambor e, em sonho, ele me revelou o que eu preciso fazer e o que você precisa fazer. Você frequenta a escola dos brancos, mas você permaneceu virgem. Então, talhei para você, com um pedaço de madeira de eritrina esse potinho de leite, um potinho de leite como os das crianças. Os mortos não são gulosos, algumas gotas bastam para ficarem saciados. Eu lhe dou esse galho e suas folhas. É o *umurembe*, planta que acalma os mortos, pois não tem espinhos. Antigamente, antes dos missionários chegarem, colocavam essas folhas nas mãos dos mortos. Você vai voltar à casa desse branco com o pote de leite e as folhas. Você precisa encher o pote com leite, leite de uma vaca *inyambo*, está ouvindo, não pode ser leite de outras vacas. O ordenhador deve ser um jovem guerreiro vigoroso, um *intore*. Você vai até o kigabiro ao redor do túmulo. Entre as árvores tem uma eritrina, eu vi no sonho. Você vai pôr de molho as folhas no leite e borrifar o líquido na eritrina dizendo: "Volte sem espinhos, como o *umurembe*". Quando o pote estiver vazio, enterre-o ao pé da árvore. Mas tome muito cuidado, até lá o pote não deve encostar na terra, se ele encostar, vai perder o poder. Guarde isso tudo no seu coração.

– Você vai sempre na casa daquele branco doido representar a deusa? – perguntou Virginia.

– O que você tem contra? – respondeu Veronica, ele me veste de egípcia, me dá perfumes, me elogia, me fotografa, me desenha, me pinta, e não encosta um dedo em mim: sou sua estátua, sua boneca, sua deusa. Eu apenas danço na frente da Mulher que ele pintou à minha semelhança e às vezes também me sinto transportada para outro mundo.

– Eu acho que a loucura de Fontenaille se apoderou de você. Você me dá medo. Não sei como isso vai acabar.

– E o que eu tenho a perder? Sempre me pergunto para que serve continuar os estudos nessa escola que forma, como eles dizem, a tal da elite feminina. Nunca vamos fazer parte dessa elite. Nós tiramos as melhores notas não porque somos mais inteligentes, mas porque somos obrigadas a ser as melhores e fingimos que as boas notas vão nos proteger e que, graças a elas, podemos ter alguma esperança no futuro. Mas veja as outras: para algumas, ao menos, ir ao curso é pura formalidade, é como se já tivessem o diploma, como se já fossem esposas de ministro, elas vêm para a aula como um funcionário vai ao escritório, as notas são secundárias, não importam.

Mas e quanto a nós, o que vai acontecer? Um diploma de uma tutsi não é como um diploma de uma hutu. Não é um diploma verdadeiro. O diploma é sua carteira de identidade. Se por cima há uma tutsi, você não vai achar trabalho, nem entre os brancos. A cota é assim.

– Eu sei de tudo isso, em geral digo a mim mesma que o melhor seria ficar no campo plantando. Mas minha mãe acha que o diploma vai salvar tudo, a família e a mim... Você vai sempre na casa do seu branco, então.

– Sim, ele enviou os retratos que fez de mim para a Europa e disse que fizeram sucesso, as fotos também, que elas trouxeram dinheiro, ele disse que eu sou sua deusa de verdade, que trago sorte a ele, que esse dinheiro também é meu e que uma parte será usada para pagar meus estudos na Europa. Disse até que já me conhecem na Europa, que me esperam por lá. Talvez eu vire uma estrela, como no cinema. Fontenaille pode ser doido mas é um doido que tornou seu delírio real, e talvez possa tornar reais os meus sonhos. Ele vive num sonho. Recrutou jovens que não fizeram o exame nacional, ou que tiveram que deixar a escola por causa das cotas, e quer que eles vivam como os tutsis de antigamente. Até contratou um tutsi que trabalhava na corte antigamente para lhe ensinar a dançar. Eles são seus pastores, seus dançarinos, seus *intores*, seus guerreiros egípcios. Os meninos aceitam trabalhar lá porque ele paga bem e faz promessas vagas de que mais tarde vai encontrar uma escola que os aceite, não sei como. Enquanto isso, faz longos discursos sobre a origem egípcia dos tutsis. Tenho medo de que alguém acabe acreditando nisso. Ele não sabe mais quem é, às vezes acha que é um grande chefe tutsi, às vezes um sacerdote de Isis. Ele me disse também que alguns jornalistas europeus estão vindo fazer uma reportagem sobre ele e seu templo. Parece que vão até rodar um pequeno filme. Eu farei uma personagem no filme, a deusa. Serei uma estrela. Ai, se me levassem embora daqui!

– Você também fica sonhando. A loucura de Fontenaille acabará te seduzindo. Tome muito cuidado. De todo modo, domingo eu gostaria de ir até lá.

– Você também quer atuar na loucura do branco. Vamos, ele está só esperando por você. Sempre me pergunta onde está a rainha Candace, se ela vai voltar um dia. Ele vai ficar louco de alegria de ver você e poder vesti-la de rainha Candace. Ele me mostrou a roupa que separou para você.

– Não é para me disfarçar de rainha que eu quero ir, é por outro motivo, mas eu não posso contar, tenho de ir sozinha, só peço isso, por favor não fique chateada comigo, não quero tomar o seu lugar nem interpretar a rainha Candace todos os domingos, preciso ir uma única vez sozinha.

– Não entendo por que, mas você é minha amiga e confio em você, não acho que você queira me enganar. Deve ter mesmo um motivo sério para querer ir à casa do Fontenaille, mas como você faz mistérios! Vá no domingo a Rutare, onde ficam os grandes rochedos, o jipe estará no ponto de encontro, vou mandar por você uma carta para ele, vou dizer que estou doente e te mando no meu lugar, ele vai ficar feliz de ter a Candace lá, mas mesmo assim não entendi nada...

– Eu não posso contar, se contar vou acabar amaldiçoando nós duas.

– Aí está minha Candace – gritou o sr. de Fontenaille ao ver Virginia descendo do jipe, com a bolsa contra o peito – eu estava esperando você e sabia que acabaria voltando. Mas onde está Isis?

– Veronica está doente, mandou uma carta.

O sr. de Fonenaille leu a carta e fez uma expressão de chateação.

– Não se preocupe – Virginia o tranquilizou – Veronica será sempre a sua Isis, domingo que vem estará aqui; hoje eu quero ser a sua rainha Candace, mas com uma condição.

– Uma condição?

– Nas suas terras, existe uma rainha de verdade. Você construiu uma pirâmide em cima da ossada dela. Tenho medo de que ela não suporte ver aqui outra rainha. Você sabe que nós, os ruandeses, temos muito medo dos espíritos dos mortos: se nós os ofendermos, eles ficam malvados. Como eu não sou uma rainha de verdade, o espírito dela pode se enraivecer e querer me perseguir para se vingar; e a você também. Assim, eu preciso, antes, fazer uma oferenda a ela para me conciliar.

O sr. de Fontenaille hesitou um instante tentando entender o que havia por detrás das palavras de Virginia. Depois, teve uma exaltação súbita.

– Sim, minha rainha, é claro, você precisa prestar uma homenagem à antiga rainha, aquela que está debaixo da pirâmide das rainhas Candaces. E você, que certa vez eu vi sobre uma lápide em Meroé, vai poder renovar, assim, a cadeia do tempo...

O sr. de Fontenaille fechou os olhos como se cegado pela luz de uma visão, suas mãos tremiam. Ao fim de um tempo que pareceu interminável para Virginia, ele tornou a ficar calmo.

– O você gostaria de fazer, minha rainha? Eu faço tudo o que você mandar.

– Basta oferecer à rainha o que há de mais precioso para os ruandeses: o leite. E você tem o leite que convém a uma rainha: das vacas *inyambo*.

Virginia tirou da sacola o pequeno pote de leite e o caule com folhas do *umurembe*.

– Preciso encher meu potinho de leite, basta isso para acalmar a rainha.

– Venha, meus pastores vão encher seu pote com leite da ordenha da manhã, depois vamos até o túmulo da rainha para que você cumpra suas obrigações com ela.

– Sr. de Fontenaille – disse Virginia enquanto ele se preparava para entrar com ela no bosque fúnebre – não se aborreça comigo mas tenho de entrar sozinha no *kigabiro*. É um bosque proibido. Você deve ter cortado árvores, você cavou a terra, você desenterrou os ossos, você construiu um monumento em cima. Você é branco, mas mesmo assim violou o *kigabiro*. Se você estiver comigo, tenho medo de que a rainha possa recusar minha oferenda. Quando irritamos os mortos, temos medo de sofrer seus malefícios. Talvez isso não diga respeito a vocês, brancos, mas a vingança cairá sobre mim. Eu lhe peço, não fique com raiva.

– Não, Candace, imagina, não fico chateado, pelo contrário, compreendo e respeito os rituais. Quando você voltar, vou vesti-la com as roupas da rainha Candace. Farei seu retrato. Isis, Candace, as provas se acumulam. Mesmo que os tutsis desapareçam, serei o guardião de sua lenda.

Virginia se enfiou entre os troncos cheios de velhos figos, se desviou da clareira onde estava a pirâmide, tentou reconhecer no meio dos arbustos a árvore de flores vermelhas. Um pensamento veio a ela: "E se a cobra estiver me espreitando por detrás dos galhos?". Ela apressou o passo e logo alcançou o outro extremo do bosque: "Rubanga me enganou, disse a si mesma, é só um velho charlatão". Mas assim que saiu da parte coberta, viu não muito longe uma árvore isolada. Ela não estava coberta de flores vermelhas (Virginia sabia que a árvore só florescia na estação seca), mas pela casca cheia de fendas, pelos galhos em serpentina, reconheceu a árvore que buscava: a eritrina, o *umurrinzi*, a guardiã, como deveríamos chamá-la por respeito, aquela que os *abirus* escolheram há tanto tempo para acolher o *umuzimu* da rainha. Ela contornou a árvore, mergulhou o galho da *umurembe* no pote e borrifou o *umurinzi* com gotinhas de leite pronunciando a fórmula: "Volte sem espinhos, como o *umurembe*". Quando o potinho ficou vazio, ela se ajoelhou ao pé da árvore, cavou um buraco com a ajuda de uma pedra achatada e enterrou ali o potinho e o galho de umurembe. Ao se levantar, pensou ter visto as folhas da eritrina tremendo e se sentiu tomada por uma serenidade. "Daqui para frente", pensou ela, "o *umuzimu* da rainha me será favorável, eu sou sua preferida neste mundo".

Eles estavam descendo na direção da casa quando o empregado correu para anunciar, já sem fôlego:

– Patrão, patrão! Temos um visitante: o padre, o de barba comprida. Ele veio em seu *ipikipiki*.

– É o velho padre Pintard, com esta idade ele ainda anda de moto! E vem aqui para me converter com seus delírios bíblicos. Ele vai tentar convertê-la também, há vinte anos ele tenta. Não lhe dê ouvidos. Não esqueça que fui eu que revelei de onde você vem, de Meroé, e a reconheci como rainha Candace.

O padre Pintard aguardava no grande salão. A cadeirinha de bambu na qual ele se sentava parecia a ponto de desabar debaixo de sua estatura imponente. Sua batina branca suja de lama estava cheia de rosários de contas grandes, como um caçador com sua munição. A barba comprida de patriarca deixou Virginia impressionada.

– Fontenaille, bom dia, estou vendo que você sempre atrai jovens inocentes para sua capela do demônio. Ficaria mais tranquilo se soubesse que é para as suas perversões, mas sei que você já não está mais na idade e suas rainhas preferidas são de quatro mil anos atrás.

– Abençoai, meu padre, pois eu pequei, respondeu rindo Fontenaille, essa jovem se chama Virginia, estou fazendo o retrato dela e veremos que também é o retrato de uma rainha de dois mil anos atrás.

– Moça, não dê ouvidos a Fontenaille, mas a mim, imagino que você seja tutsi, ora, na casa de Fontenaille só há tutsis. Quando cheguei em Ruanda, há quase quarenta anos, as pessoas só juravam pelos tutsis, tanto os bispos quanto os belgas. Naquela época precisavam trocar o rei, e em breve iam batizar o novo, todos queriam Constantin. E então os belgas e os bispos mudaram de lado, eles passaram a jurar apenas pelos hutus, os valentes camponeses democratas, as ovelhas humildes do Senhor. Bom, eu não tenho nada a dizer, obedeço ao monsenhor. Os jovens missionários acreditavam em tudo o que diziam para eles sobre a *demokarasi* majoritária. Mas há quase quarenta anos que estudo, de um lado a Bíblia, de outro, os tutsis. Tudo está na Bíblia, a história dos tutsis, bem como o resto.

– Pintard! Pintard! Estamos cansados de suas teorias absurdas. Virginia não quer ouvir nada disso.

Mas o padre Pintard também não queria ouvir nada. Ele começou um interminável monólogo que deveria ser endereçado à Virginia, e que parecia ao mesmo tempo um sermão e uma conferência. Sem ter que remontar a Noé, era possível começar com Moisés. Os hebreus deixaram o Egito. Moisés abriu com seu cajado as águas do mar Vermelho, mas alguns erraram o caminho e foram para o sul, chegaram no país de Koush, esses eram os primeiros tutsis. Depois houve a rainha de Sabá, que também era tutsi. Ela foi visitar Salomão e voltou para casa com um filho do grande rei. Seu filho se tornou o imperador de um país onde os judeus eram tutsis chamados Falashas e, no fim disso tudo, Virginia não compreendeu por que a história deveria acabar em Ruanda, onde os tutsis eram os verdadeiros judeus com os *abirus* que conheciam os segredos das minas do rei Salomão.

O sr. de Fontenaille ria, erguia os braços para o alto, enchia um copo atrás do outro de whisky, oferecendo a seu convidado que, a princípio, recusava, mas, cada vez menos convicto, acabou aceitando. Virginia não ousava interromper o padre Pintard até perceber que o Sol estava se pondo, então soprou ao pé do ouvido de Fontenaille:

– Está tarde, eu tenho de voltar ao liceu, alguém precisa me levar.

– Com licença, meu padre – interrompeu Fontenaille – Virginia deve voltar ao liceu. Vou dizer ao meu motorista para levá-la. Mas, Virginia, prometa-me, você tem de voltar no domingo: eu quero vê-la como rainha Candace.

– Jovem – disse o padre Pintard – pense bem no que eu falei. Isso vai consolá-la das desgraças do seu povo.

– Virginia, me conte, afinal, você interpretou a rainha na casa do Fontenaille? – perguntou Veronica.

– Eu fiz o que tinha de fazer. Mas também aprendi que os tutsis não são humanos: aqui nós somos *inyenzis*, baratas, serpentes, bichos nocivos; na terra dos brancos, somos os heróis das suas lendas.

Depois da Páscoa, quando as aulas recomeçaram, a madre superiora quis dar uma prova de seu posicionamento liberal: ela autorizou as alunas a decorarem as paredes dos seus "quartos". Com bom gosto e moderação, especificou ela, e distribuiu imagens da Nossa Senhora do Nilo para serem colocadas sobre a cabeceira dos leitos. Gloriosa reparou que todas colocaram a foto do presidente ao lado da Nossa Senhora do Nilo. Em Ruanda, todas as atividades humanas aconteciam debaixo do retrato tutelar do presidente. Até na loja mais humilde, o retrato do chefe de Estado, cheio de poeira, velava tudo do alto da estante, onde se alinhavam alguns sacos de sal, fósforos e três latas de leite Ninho; nos bares mais sórdidos, ele oscilava entre os jarros de cerveja de banana e o único engradado de garrafas de Primus. As salas dos ricos e poderosos rivalizavam para ver quem teria a imagem em maiores dimensões, já que o tamanho imponente do retrato do presidente testemunhava a lealdade inabalável do funcionário ou do comerciante com o responsável pela emancipação do povo majoritário. Infeliz da dona de casa que negligenciasse a limpeza devota e diária do retrato do líder amado e deixasse sobre ele o menor grão de poeira.

Goretti era a única que ousava criticar a foto tão venerada: "Eu gosto muito do nosso presidente", observou ela, "mas, no que diz respeito à foto, acho que ele deveria ter se vestido como um presidente, com quepe e um uniforme bonito com ombreiras, galões nas mangas e medalhas na roupa, é assim que todos os presidentes se vestem, o nosso, com seu terno sem graça, parece um seminarista". Em volta dela, as outras faziam um ar de desentendidas. Esperavam a reação de Gloriosa, que demorou para responder, mas surpreendeu pelo tom moderado: "Nosso presidente não precisa de uniforme para se dirigir às pessoas, todo mundo entende o que ele diz, não é como você e seu pai coronel". Zombar do modo de falar de quem vinha do Norte, que morava ao pé dos vulcões e perto dos gorilas, fazia parte das brincadeiras que já quase não chocavam. Ninguém entendeu por que Gloriosa não usou seu arsenal de ameaças habituais, como denunciar as palavras abertamente subversivas para as instâncias do partido e, pior ainda, para o seu próprio pai... As mais sagazes deduziram que os militares, sobretudo os do Norte, haviam se tornado mais influentes e o presidente deveria contar com eles. O jeito de Goretti pareceu a elas menos estranho e sua linguagem menos grosseira. Elas engoliram as zombarias habituais e se mostraram simpáticas e atenciosas com Goretti, que reagiu com uma benevolência desdenhosa.

A tarefa de decorar as paredes das alcovas, recomendada pela madre superiora, acabou se revelando difícil. As alunas penduraram alguns pequenos painéis de cestaria, ornados com motivos geométricos tradicionais, guardanapos bordados de flores, fotos dos pais, ou da família inteira, tiradas por ocasião do casamento da irmã ou do irmão mais velho. Porém, elas não estavam satisfeitas com o resultado: não era assim que uma jovem moderna e "civilizada", como diziam no tempo da colonização, deveria decorar o quarto. Na verdade, elas precisavam, e sabiam disso, de fotos de jovens com cabelos longos, cantores com óculos de sol, como diziam, e moças louras, louras de verdade, mais louras que a sra. Decker, moças de maiô com cabelos longos e louros na praia, tal como elas tinham visto nos filmes do Centro Cultural Francês. É claro que não havia imagens assim no liceu Nossa Senhora do Nilo, a não ser, sugeria Immaculeé, nas residências dos professores franceses jovens e solteiros, sobretudo o sr. Legrand que era barbudo e tocava violão. Gloriosa decidiu que Veronica perguntaria ao sr. Legrand se ele aceitaria dar algumas revistas para as alunas: "As moças tutsis como você sabem lidar com os brancos, pelo menos dessa vez você não vai lá para falar mal da República". O sr. Legrand ficou lisonjeado com o pedido de Veronica e, na manhã seguinte, levou para a aula uma pilha de revistas: números da *Paris Match* e da *Salut les copains*. "Se vocês quiserem mais", acrescentou o professor, "podem me pedir". Algumas tinham certeza de que o convite se dirigia particularmente a elas.

Todas folhearam as revistas na maior expectativa. Foram longas as negociações para a divisão e recorte das fotos. Houve brigas para ver quem ficaria com Johnny Hallyday, Beatles, Claude François, e do lado feminino, as de Françoise Hardy e seu violão pareceram tristes, Tina Turner e Miriam Makeba chamaram atenção por conta de sua cor, mas foi Nana Mouskouri que teve mais sucesso graças aos óculos. Todas queriam a foto de Brigitte Bardot. Não havia fotos para todo mundo. Gloriosa repartiu entre as suas favoritas. Só algumas, por precaução ou devoção real, ficaram com o retrato do papa e com imagens de Lourdes, da Basílica de São Pedro em Roma e da Sacré-Coeur em Paris.

Ao fazer a inspeção dos "quartos", a madre superiora não conseguiu conter os inúmeros "Meu Deus!" que exprimia ao mesmo tempo susto, indignação e cólera.

– Você está vendo isso – disse ela ao padre Herménégilde que a acompanhava – julgamos proteger nossas meninas das malícias do mundo, mas o mundo forçou as portas para entrar. E eu posso adivinhar quem deu a elas esses horrores: vou dizer a eles francamente o que eu penso disso tudo.

– É obra do Satanás, respondeu o capelão, ele pode se disfarçar com todos os rostos. Temo que nossa Ruanda cristã esteja sob ameaça.

A madre superiora fez uma severa reprimenda às alunas e as privou de sair por dois domingos, com exceção, é claro, das que tinham pendurado um retrato do papa. Ela ordenou que as moças tirassem elas próprias aquelas imagens indecentes e dessem ao padre Herménégilde. Contudo, para mostrar uma postura um pouquinho liberal, permitiu as fotos de Adamo e de Nana Mouskouri. As moças notaram que o capelão arrancou ostensivamente as fotos dos cantores, mas poupou as de Brigitte Bardot e se esforçou para guardar, sem ser notado, algumas imagens no bolso de sua batina.

Aparentemente a madre superiora e o padre Herménégilde não prestaram nenhuma atenção na alcova de Godelive. Porém, suas colegas estavam bastante intrigadas com a decoração dela. Além dos ícones regulamentares da Virgem e do presidente, ela tinha uma única imagem: retratos, dos pés à cabeça, do rei e da rainha belgas, Baudouin e Fabíola. Também notaram que os retratos da realeza não eram uma ilustração recortada de uma revista, mas uma foto de verdade. Quando perguntaram à Godelive por que ela tinha escolhido aquela foto e como tinha conseguido, ela fez mistério e se contentou em responder que não podia contar nada, que logo todos saberiam o motivo. Gloriosa, exasperada por não saber de nada, tentou abrir a mala de Godelive quando ela estava na capela, participando pela equipe responsável pela limpeza. Mas os cadeados resistiram.

Alguns dias depois, a madre superiora reuniu todas as alunas e todos os professores na grande sala de estudos. Quando subiu no estrado, parecia emocionada. Olhou as alunas com um jeito pouco comum e com um olhar maternal: "Minhas meninas, disse ela, vamos viver um grande acontecimento, eu diria até, um acontecimento histórico. Nosso liceu, o liceu Nossa Senhora do Nilo, terá a honra de receber a rainha da Bélgica, a rainha Fabíola. O rei Baudouin e sua esposa vão fazer uma visita oficial a Ruanda. Enquanto o presidente e o rei discutem a política e o desenvolvimento do país, a rainha visitará o orfanato da Primeira Dama em Kigali, mas também quer homenagear e encorajar a política de Avanço Feminino do governo ruandês, da qual nosso liceu é o exemplo máximo. Vocês conhecem a generosidade e a piedade da rainha Fabíola. Assim, ela vem aqui visitar nosso liceu. Devemos preparar a ela uma recepção que lhe mostre a imagem de Ruanda tal como é no presente: uma Ruanda pacífica e cristã. Ela virá com a ministra do Avanço feminino, e talvez com a sra. primeira-dama, ainda não sabemos. Deve ficar um dia ou apenas metade de um dia, não recebi a programação definitiva. De todo modo, temos um mês para nos preparar para esse acontecimento extraordinário. Os cursos serão encurtados se preciso for. Conto com a ajuda de vocês e com os senhores professores para a realização deste evento que permanecerá para sempre registrado em nossas memórias".

O alegre tumulto que invadiu o liceu durante os preparativos para a visita real deixou todas as alunas radiantes. Foi um tal de ir e vir, de gritos, alvoroço, e uma confusão de empregados pintando os corredores, as salas de aula, o refeitório, a capela. Deslocaram as alunas da grande sala de estudo, cobriram as paredes com tecido dos panos com as efígies do presidente e do rei dos belgas. Os cursos foram bruscamente interrompidos pelo irmão Auxile que vinha buscar as coristas para um ensaio, depois aparecia o professor de kinyarwanda que selecionava as dançarinas. Quase todos os dias, uma delegação vinha da capital para dar as diretivas, para garantir o andamento dos preparativos, para tomar as medidas de segurança. O ministro da Educação Nacional enviou seu chefe de gabinete, o arcebispo, um de seus maiores vigários, o embaixador da Bélgica, seu primeiro-adido. O responsável pelo protocolo da presidência veio em pessoa e passou um bom tempo com a madre superiora e com o prefeito. Este não saía mais do liceu, andava pelos corredores e pelas escadas, de um lado para o outro, sem fôlego, querendo se antecipar às normas da madre superiora. Quando chegava um Land Rover ou um veículo militar sem aviso, as alunas iam até as janelas e sempre reconheciam, entre os passageiros que desciam dos carros oficiais, um irmão, um tio, um vizinho, um amigo. Sem aguardar a autorização, apesar das ameaças inúteis de um professor, elas abandonavam a aula no meio para ir cumprimentar seu conhecido.

O liceu estava em um burburinho com tantas atividades insólitas. Para mostrar o progresso da emancipação feminina, seguindo ordens da ministra do Avanço Feminino, decidiram encurtar as saias dos uniformes, apesar das reticências da madre superiora. O ministério mandou camisas brancas para substituir as antigas, de cor amarela. As novas eram quase transparentes, o que parecia agradar ao padre Herménégilde, apesar de mostrar uma atitude relutante na frente da madre superiora. Dedicaram uma tarde inteira a experimentar e costurar nas jaquetas brasões com as cores de Ruanda e da Bélgica, à direita, o da Bélgica, à esquerda, sobre o coração, o de Ruanda. As moças do primeiro ano trançaram um cesto para oferecer à rainha no qual bordaram com linhas vermelhas e pretas VIVA A RAINHA, VIVA O PRESIDENTE, VIDA LONGA À AMIZADE BELGO-RUANDESA. As músicas que o irmão Auxile compôs para a ocasião passaram pela censura do prefeito e, sobretudo, de Gloriosa, a vigia do Partido, que ficava de olho em tudo. Gloriosa achou que o elogio aos reis e rainhas não era adequado à República, num país que tinha se libertado havia pouco da tirania dos Bamis e da aristocracia. Propuseram ao compositor que ele celebrasse a enxada camponesa e o desenvolvimento pacífico deste país que fora devolvido ao povo graças à sabedoria de seu presidente e, claro, com a ajuda da Bélgica. Se quisesse, poderia incluir ainda a proteção manifesta de Imana e da Virgem abençoada. O irmão Auxile fez o melhor que pôde, mas as alunas se recusaram abertamente a aprender *La Brabançonne* que ele queria cantar depois do hino nacional.

A população de Nyaminombe também se mobilizou para receber a rainha. Ela não teria tempo de ir até a cidade, que ficava a três quilômetros do liceu, mas todos os moradores se juntariam formando, à beira da estrada, um muro em respeito a ela e agitariam pequenas bandeiras ruandesas e belgas que seriam distribuídas antes do evento. A multidão aclamaria o cortejo com gritos de "Fabíola, iê! Presidente, iê!". A palavra rainha, *umwamikazi*, foi proibida por medo de que pudesse despertar, em alguns, saudades do passado. Foram feitas obras comunitárias, *imigandas*, para cobrir as calhas da estrada. Plantaram, de um lado a outro, galhos de eucalipto e bananeiras que costumam decorar o acostamento das ruas por onde passam cortejos oficiais que lutam para chegar naquela altitude. Um pelotão de militares montou seu acampamento perto do liceu e multiplicou as patrulhas. Esperavam que a rainha não quisesse visitar a nascente do Nilo (não estava programado, aliás), pois não tinham tempo nem meios de restaurar a estátua que estava em más condições devido às intempéries.

A atitude de Godelive permanecia misteriosa. Ela mostrava um ar de entendida quanto aos preparativos da visita, participava delas o menos possível e não respondia a nenhuma pergunta, o que irritava enormemente as colegas. Contudo, mais do que todas as outras, ela espreitava a chegada dos veículos no pátio do liceu e tinha sobressaltos a cada vez que o portão se abria. Notaram que ela tinha juntado todas as coisas na mala como se estivesse se preparando para ir embora. Uma semana antes do grande dia, chamaram Godelive ao escritório da madre superiora. Toda a turma do último ano a esperou na saída e a acompanhou até o "quarto". Ela foi se sentar na cama e, depois de um longo silêncio, vendo que as colegas estavam decididas a não deixá-la, acabou dizendo:

– Vou me despedir de vocês agora, estou indo embora e sem dúvida por muito tempo.

– Você vai para onde?

– Para a Bélgica, vou embora com a rainha.

Um murmúrio de surpresa percorreu o auditório.

– Você vai embora com a rainha?

– É um segredo. Vou contar para vocês, mas não contem para ninguém. Principalmente para as outras turmas. Vocês juram que não vão dizer nada?

Elas fizeram promessas solenes de guardar o segredo.

– Vocês sabem que Baudouin e Fabíola não têm filhos. Eles não podem ter filhos, não sei se é por causa dele ou dela. É tão triste não poder ter filhos, ainda mais para um rei e uma rainha. Eles estão desesperados. Então, o presidente achou que, como eles vinham a Ruanda e ele que os tinha convidado, o melhor presente a dar seria oferecer um filho. Vocês sabem que é o que fazemos em nosso país. Uma família sem filhos não é uma família, não podemos deixá-la viver infeliz. E esta é a maior das infelicidades! Normalmente um irmão, um parente, um vizinho que tem muitos filhos deve ceder um deles. Se não o faz é porque despreza a família ou não lhe quer bem. Se você oferece um de seus filhos, ele passa a fazer parte de outra família, mas permanece, ainda assim, sendo seu. Você salvou uma família e ela sempre terá respeito e reconhecimento por este gesto. É o que o nosso presidente quer fazer: ele vai dar uma filha por Ruanda.

– E você é a filha que ele vai dar ao rei da Bélgica? Na sua idade, grande assim? E com as notas que você tira? Você, por acaso, se imagina sendo a filha de Fabíola?

– Não, ele vai dar Merciana, sua filha caçula. Ela tem nove anos e, além do mais, tem a pele mais clara, parece com a mãe. Ela é praticamente branca.

– E o que você tem a ver com isso?

– Vou acompanhar Merciana na Bélgica. Ela precisa ter alguém para falar em kinyarwanda, para que não sinta muitas saudades de casa, e que possa cozinhar banana ou mandioca quando ela tiver vontade.

– Ah, bom, você vai ser empregada dela!

– Vocês se acham inteligentes, mas não entendem nada do assunto. Todas as rainhas e as princesas têm acompanhantes, antigamente era assim até em Ruanda. São filhas de boas famílias, da alta nobreza. São chamadas de damas de companhia. É uma grande honra ser dama de companhia de uma rainha ou de uma princesa.

– E por que o presidente escolheu você?

– Meu pai não é da política, vocês sabem, ele é banqueiro. E é rico. Ele conhece o presidente há muito tempo. Eles estiveram juntos na Legião de Maria. O presidente confia no meu pai. Ele disse ao meu pai: "Se Merciana estiver com uma de suas filhas, instruída no melhor liceu de Ruanda, fico tranquilo. Sei que ela cuidará bem da minha pequena. Faço isso por Ruanda. Dando minha filha, estou salvando Ruanda da miséria: em troca, os brancos serão obrigados a nos ajudar, pois faremos parte da mesma família. É mais do que um pacto de sangue. Merciana terá dois pais, eu e o rei Baudouin, seremos os dois ligados por essa filha em comum". Então, meu pai não hesitou e fui escolhida para acompanhar a filha do presidente. Afinal, eu nasci na Bélgica e, mesmo que não lembre muito bem, talvez ainda seja um pouco belga, será melhor para a adaptação. Agora, preciso terminar de fazer a mala.

Toda a turma se reuniu em seguida na biblioteca para falar sobre as revelações de Godelive. Para que ninguém ouvisse as conversas, decidiram se trancar discretamente na sala de arquivos. Goretti disse que não acreditava em nenhuma palavra de Godelive, que ela costumava inventar muita coisa. Se o presidente estava dando mesmo uma filha, como poderia ter escolhido a moça mais feia e mais estúpida do liceu para acompanhá-la? A menos que seu pai tivesse pago para ela ir ou feito alguma promessa. Gloriosa não conseguiu conter sua indignação.

– Você ainda tem coragem de insultar nosso presidente. Isso pode acabar mal. Godelive disse que ele deu a filha para salvar nosso país. Merciana talvez não venha a ser a rainha, mas será uma princesa na Bélgica. E vai se casar com um príncipe. Os belgas serão obrigados a nos ajudar. Será vergonhoso para eles se o país de sua princesa permanecer tão pobre. E Godelive é uma verdadeira ruandesa, isso não tem erro e não pode ser medido pelas suas notas, e menos ainda pela sua beleza. Ela representará bem o povo majoritário.

– Mas, se Fabíola é estéril – perguntou Modesta – por que Baudouin não troca de mulher? Os reis podem fazer isso, pois precisam ter um sucessor.

– Baudouin é muito católico, ele não pode se divorciar.

– Sempre dá para resolver as coisas conversando com o papa. Isso acontece com os reis. Não são gente simples. Eles pagam, dão gratificações e o papa acaba dizendo que o casamento não vale.

– Ouça, disse Immaculée, vou contar uma coisa: não é Fabíola que é estéril, é Baudouin que é impotente.

– Ora, de onde você tirou isso? Você não tem vergonha! Se a sua mãe ouvisse!

– Eu ouvi meu pai dizer. Ele sempre conta aos amigos. Um dia estava servindo Primus na sala e ouvi quando ele contou essa história. Os amigos riram. Meu pai fora a Kinshasa no dia da independência do Congo, naquela época ainda era Leopoldville. Eu não sei se ele viu tudo ou ouviu dizer, mas a história que ele contou foi a seguinte:

O rei Baudouin chegou do aeroporto. Ele estava em pé, em um carro conversível enorme, daqueles americanos que vemos nos filmes. Baudouin estava em pé, imponente, rígido, sem se mexer, parecia uma estátua. Ele usava um belo uniforme, todo branco com um grande quepe e, ao lado, estava com um sabre todo dourado, um sabre de rei. Kasavubu parecia pequeno. Na avenida, havia uma multidão e muitos policiais. Todos brancos. Então, alguém saiu da multidão. Era um homem jovem, bem vestido, com terno e gravata. Ele conseguiu, não se sabe como, passar pela barreira dos policiais e correr atrás do carro do rei que andava lentamente. E, pronto, de repente, ele pegou o sabre, ele roubou o sabre do rei, segurou-o com as duas mãos acima da cabeça para mostrar que estava com o sabre do rei dos belgas. O carro continuou avançando. O rei seguiu em pé, imóvel, sem se mexer, como se nada tivesse acontecido, como se ele não tivesse visto nada. Parecia que tinha sido enfeitiçado. Pouco depois pegaram um homem com o sabre do rei. Mas todo mundo disse que não fora ele que tinha roubado. O verdadeiro ladrão era Mahungu, não um homem, mas um espírito, um *umuzimu*, um demônio, diria a madre superiora. Mahungu, fosse ele homem ou espírito, ou um homem possuído pelo espírito de Mahungu, era um grande feiticeiro e tinha envenenado o sabre do rei, ele colocou *dawa* no sabre. Devolveram o sabre a Baudouin e Baudouin ficou impotente. Fizeram de tudo para curá-lo. Ele consultou todos os médicos da Europa e da América, mas os *dawas* eram os mais fortes. Os médicos brancos não puderam fazer nada. Chegaram a levar para Bruxelas feiticeiros da Tanzânia, de Buha, mas acho que, nessa parte da história, meu pai estava floreando. O que aconteceu com certeza é que Baudouin nunca terá filhos. É a história que meu pai conta.

Toda a turma aprovou a história de Immaculée. Goretti resumiu a opinião de todas:

– Bom, temos que tomar muito cuidado, pois sempre haverá envenenadores para tornar a gente estéril. Eu conheço alguns. Não se aproximem muito de Fabíola, sem dúvida ela também foi envenenada, e talvez seja contagioso.

Nos dias seguintes, todas ficaram imaginando se seria um carro da presidência que buscaria Godelive ou se ela iria embora depois da visita na companhia da rainha. Godelive não falava com mais ninguém e se contentava em responder com um sorriso arrogante às que lhe dirigiam a palavra. Goretti tinha certeza de que aquilo tudo não passava de mentira e que ela estava tentando contar vantagem. Gloriosa, sem ter recebido nenhuma diretiva do partido, continuava com uma prudente reserva, dizendo apenas que, bom, pelo interesse de Ruanda, poderiam ter escolhido alguém mais "político" para aconselhar Merciana, que ainda era muito novinha. Godelive só convidava Immaculée para ir ao seu "quarto". Immaculée era considerada por todo o liceu como uma autoridade no assunto elegância e era conhecida por saber os segredos de beleza dos brancos.

Segundo o que ela contou ao resto da turma, Godelive tinha feito perguntas sobre maquiagem e penteados: tinha observado que a sra. Decker pintava as unhas de vermelho e queria saber tudo sobre esmaltes, também o que fazer com as unhas dos pés, e será que existia um modo de pintar os lábios? E os perfumes, não os *amarachis* das lojas paquistanesas, mas os verdadeiros perfumes que os brancos passavam, os que vinham de Paris, como se chamavam? Ela queria saber principalmente sobre os produtos para clarear a pele que deveriam ser mais eficazes que os tubos de Vênus de Milo que se compravam no mercado, ela tinha visto, nas revistas que o sr. Legrand dera a elas, alguns negros, sem dúvida americanos, que eram quase brancos e tinham cabelos longos e lisos, de um preto brilhante, e até mesmo outros, que Godelive se perguntava como, que eram louros.

Godelive estava bastante preocupada. Com o que ela se pareceria no meio de todas aquelas mulheres brancas, louras e perfumadas? As coisas que Immaculée contava faziam a turma toda morrer de rir, mas, dois dias antes da visita da rainha, chegou discretamente um carrão preto para buscar Godelive. As alunas foram de camisola até a janela, mas só puderam ver a Mercedes que atravessava o portão levando Godelive que, pelo vidro de trás, acenava para elas. Algumas disseram que era para se despedir, outras falaram que era para fazer troça.

Nesse mesmo dia houve também uma grande decepção. O prefeito, esgotado, foi até lá informar à madre superiora as instruções que ele tinha recebido por telefone da Presidência. A madre superiora reuniu os professores e todo os empregados para compartilhar as novas medidas que convinha tomar. Em seguida, com cerimônia, colocariam as alunas a par do que se passava. A rainha Fabíola estava sobrecarregada de compromissos. Além do orfanato da primeira-dama, ela entregaria uma doação ao centro de acolhida de crianças deficientes de Gatagara e visitaria o noviciado das irmãs Benebikira Maria. É claro que o liceu Nossa Senhora do Nilo ainda estava em seu programa, mas a visita teria de durar apenas uma hora. Ela não queria, em hipótese alguma, atrapalhar a programação das alunas, mas gostaria de assistir ao menos uma parte de uma aula, para poder encorajar as alunas e saudar os esforços feitos pelo governo em prol da educação feminina. Seria preciso abreviar os discursos de boas-vindas, excluir a maior parte das músicas do irmão Auxile, encurtar as danças. Não fariam mais a visita pela grande sala de estudos e receberiam a rainha no pátio, isso se o tempo estivesse bom, caso contrário, se apertariam no hall de entrada. Ficou combinado que a rainha assistiria – a mais ou menos dez minutos, precisou o prefeito – à aula de geografia da irmã Lydwine, sobre a agricultura de Ruanda. Haveria um ensaio à tarde para tentar prever as perguntas que Fabíola poderia fazer e as respostas para dar a ela. Antes da partida da soberana, as alunas do último ano lhe ofereceriam presentes e o coral do irmão Auxile cantaria o hino nacional e, se houvesse tempo, algumas músicas.

Os professores belgas protestaram: haviam prometido que eles seriam apresentados pessoalmente à sua rainha e que eles poderiam conversar alguns instantes com ela. Por fim, concordaram em deixá-los ficar no corredor diante das salas de aula; com a passagem de Fabíola, eles poderiam cumprimentá-la, ela dirigiria sem dúvida algumas palavras a cada um. Os professores franceses disseram que o assunto não lhes dizia respeito, mas que eles tirariam fotos como lembrança. O prefeito fez questão de proibir formalmente.

O dia seguinte, véspera da visita real, foi bem agitado. Chegaram os agentes de segurança, acompanhados por cinco senhores brancos usando roupas de cor escura, com certeza belgas. Eles estavam apressados, andavam tão rápido que o prefeito tinha dificuldade em acompanhá-los. Conversaram com a madre superiora no escritório dela, informaram-se sobre o estado de espírito das alunas, consultaram a lista de professores, pediram detalhes sobre os jovens franceses em sistema de cooperação. Eles interrogaram o prefeito sobre o clima na cidade, ele respondeu que reinava a mais absoluta calma, que o estado de espírito da população era excelente, que aguardavam a cerimônia com impaciência e que a rainha contaria com uma recepção calorosa, ele mesmo tinha organizado e supervisionado todos os preparativos com um mês de antecedência, todos os dias, do raiar ao pôr do Sol e, às vezes, até durante parte da noite. Mas os brancos, que não tinham nenhuma educação, interrompiam o prefeito e pediam a ele para ir direto ao ponto. Mesmo assim, ele os aconselhou a vigiar os terrenos onde moravam alguns tutsis, conselho que os agentes ruandeses apoiaram. Os policiais inspecionaram cada canto do liceu. A irmã intendente teve de abrir até a porta do depósito, onde ninguém mais além dela estava autorizado a entrar. Enquanto eles remexiam as pilhas de carne enlatada e os potes de geleia, ela fazia um barulho com seu molho de chaves para mostrar sua reprovação. Os policiais deram suas instruções ao prefeito e à madre superiora. Dois deles, um belga e um ruandês, permaneceram no liceu. Ficaram instalados no bangalô dos hóspedes.

Mal o jipe da Segurança se afastou, um micro-ônibus entrou ziguezagueando e parou no pátio. Três brancos, usando short e jaqueta de tecido cáqui, com chapéu de safari, desceram, acompanhados por um negro de camisa e gravata vermelha. O negro, que depois souberam ser um jornalista da Rádio Ruanda, pediu para ver a madre superiora. Ele mostrou uma autorização de fotógrafo, emitida pelo Ministério da Informação, e apresentou seus colegas como importantes repórteres que trabalhavam para um jornal belga e um periódico semanal francês. Eles queriam fazer uma matéria sobre o liceu Nossa Senhora do Nilo que, segundo diziam, era reconhecido na Bélgica e em todo canto como um liceu-piloto, um modelo para o avanço feminino na África Central. Eles tirariam fotos e entrevistariam alguns professores e, principalmente, na medida do possível, as alunas, e, é claro, a própria reverenda. Esta, lisonjeada, mas um pouco preocupada, recomendou discrição e colocou o padre Herménégilde como guia e mentor deles. Os jornalistas foram até o seu micro-ônibus e voltaram equipados com câmeras fotográficas e gravadores.

A curiosidade, ou melhor, a indiscrição dos jornalistas, chocou profundamente o padre Herménégilde. Os brancos queriam ver e gravar tudo. Não apenas fotografaram a capela e as aulas (avisaram a tempo a irmã Lydwine que, na frente deles, deu a aula que estava preparada para a rainha), mas também insistiram em ver os dormitórios, as alcovas das alunas do último ano e sua decoração, apalparam as camas, perguntaram onde ficavam os chuveiros, e entraram até mesmo nas cozinhas, abriram as panelas e chegaram a provar o feijão que a irmã Kizito estava preparando. Eles não pareciam prestar nenhuma atenção nos discursos e comentários do padre Herménégilde que elogiava os esforços titânicos e o sucesso prodigioso do governo a favor da educação das moças. Eles preferiam fazer perguntas incongruentes, deslocadas e impertinentes para as próprias alunas: elas tinham queixas sobre a comida? Não se sentiam muito isoladas? O que faziam nas saídas de domingo? Elas tinham namorado? O que elas achavam do planejamento familiar? Eram seus pais que escolhiam o futuro marido? Elas eram hutus ou tutsis? No liceu, havia quantas hutus e quantas tutsis? O padre Herménégilde fazia um sinal para elas se calarem, mas algumas, orgulhosas por estarem falando para o microfone, enredavam-se em respostas intermináveis e perguntavam, no fim das contas: "Será que vão me ouvir na rádio?".

Os jornalistas também queriam filmar as dançarinas que, para a admiração de todos, reuniram-se na sala de ginástica com roupas de esporte (eram alunas do último ano). Veronica atraía, irresistivelmente, as máquinas fotográficas. Os jornalistas pediram para ela subir no estrato e pousar sozinha, de perfil. "Ela pode ser a capa, excelente, excelente!", disseram. Gloriosa ficou furiosa e perguntou por que eles só se interessavam por Veronica. Eles gargalharam e disseram: "Ora, vamos tirar uma foto sua também".

Na hora em que voltaram para o veículo, o padre Herménégilde lembrou que eles deveriam fazer uma entrevista com a madre superiora. "Não temos mais tempo, disseram, já conseguimos o que queríamos. Agradeçam à madre reverenda. Gostaríamos de ir até a nascente do Nilo, alguém poderia nos acompanhar?". O padre Herménégilde, indignado com os modos deles, explicou com detalhes, em represália, que seria impossível, pois a estrada fora destruída por um deslizamento de terra. "Além disso", acrescentou, "começou a chover, é melhor irem embora logo se vocês não quiserem ficar bloqueados no caminho de volta para a capital". O jornalista da rádio e o motorista seguiram os conselhos do padre Herménégilde e o micro-ônibus se foi, para alívio do chapelão.

Aguardaram a rainha durante muito tempo. No alto das colinas, os chefes locais tentavam distribuir a população. Muitos reclamavam, principalmente as mulheres. Elas tinham que cuidar da plantação de ervilha ou de painço, a terra não podia esperar, e além do mais o bebê de uma delas estava muito doente, não aguentaria ficar nas costas, debaixo de Sol ou chuva, durante o dia todo. Acabaram juntando um monte de gente para ficar nas margens da estrada, ao longo de dois quilômetros. Distribuíram bandeirinhas belgas e ruandesas para as crianças da escola primária, perto da cidade. O monitor mostrou como deveriam agitá-las e fez com elas repetissem, uma última vez, a canção de boas-vindas à rainha, feita por ele: "Cantem como se ela fosse o presidente", recomendou.

O liceu estava agitadíssimo. As alunas, que mal tinham conseguido dormir à noite, se levantaram bem antes de tocar o sinal para acordar e do portão fazer seu rangido. Trocaram de roupa, disputaram os espelhos, os pentes, os tubos de Vênus de Milo. Ficaram horas passando creme nos cabelos, invejando as sortudas que tinham os cabelos alisados. Elas ficavam buscando maneiras de serem notadas pela rainha ou, o que era mais importante ainda, pela ministra que a acompanhava. Mas como fazer, já que todas usavam o mesmo uniforme? Seria inadequado acenar ou piscar. Elas ficaram treinando sorrisos de admiração e entusiasmo. Algumas tinham a tez clara e os cabelos lisos, mas a maioria contaria apenas com o acaso: talvez a rainha decidisse parar na frente delas e conversar um pouquinho e, então, ela não as esqueceria. Mas seria um milagre se acontecesse algo assim, e só a Nossa Senhora do Nilo poderia cumpri-lo.

Para o café da manhã, a irmã intendente abriu alguns potes de geleia que estavam guardados para o piquenique da peregrinação ou para a vinda do monsenhor. Depois, mesmo lamentando, as alunas tiveram de voltar às aulas, afinal a rainha queria conhecer o liceu em seu funcionamento normal. A irmã Lydwine repetiu, então, a aula de geografia, sem se entediar, e assegurou-se de que as alunas responderiam com espontaneidade e naturalidade às perguntas previstas. Os outros professores rapidamente desistiram de dar aulas: as alunas ficavam indo na direção das janelas sempre que achavam ter ouvido algum barulho que indicasse a chegada do esperado cortejo. Além disso, os professores belgas ficavam sentados na cadeira sem se mover com medo de amassar o terno ou de sujá-lo com pó de giz. As que iam cantar e dançar e que foram selecionadas estavam na sala de ginástica, prontas para se posicionarem no pátio, só esperando um sinal do irmão Auxile. Os dois policiais percorriam os corredores. O prefeito, sem fôlego, fazia o vaivém entre a estrada e o liceu. O padre Herménégilde, na escada diante da capela, repetia, em voz alta e com gestos amplos, seu comunicado de boas-vindas. A madre superiora estava em todo canto: tentava reestabelecer a ordem em sala de aula, mandava um professor francês, que tinha se apresentado com o colarinho aberto, buscar uma gravata, verificava se tudo estava organizado nos dormitórios, chamava os empregados para mais uma vez passar uma esponja nas mesas do refeitório e um esfregão nos chuveiros, descobria em cada canto imaginárias teias de aranha, denunciava com um dedo rigoroso uma camada de poeira por cima dos livros da biblioteca, lembrava à irmã Kizito o tamanho padrão das mandiocas fritas...

A rainha deveria chegar às 9h30. Às 10h, foi a chuva que apareceu. As nuvens, até então paradas no topo da montanha, cobriram toda a encosta e enterraram o liceu. Na beira da estrada, muitos aproveitaram a situação para ir embora. Depois a neblina se espalhou em formas efêmeras, mas as nuvens grandes e pesadas começaram a despejar suas cataratas de chuva.

Pouco antes de 10h30, vimos a irmã Gertrude correr pelo corredor passando nas turmas e gritando: "Ela chegou! Ela chegou!". As alunas que, sob as ordens da madre superiora estavam sentadas, correram todas ao mesmo tempo na direção das janelas. Pelos vidros molhados, viram dois jipes militares com a capota aberta cruzando o portão, depois quatro Range Rovers cobertos de lama estacionando diante dos quatro degraus que conduziam à porta do hall de entrada. Os passageiros desceram, as alunas contaram ao menos uma dúzia: tanto homens quanto mulheres, tanto negros quanto brancos. Dois deles correram até o veículo estacionado mais próximo dos degraus, abriram dois guarda-chuvas enormes e a porta do carro. A rainha! – só podia ser a rainha – e a ministra! –, claro, era a ministra –, as duas saíram do carro se abrigando sob os guarda-chuvas, mas era impossível distinguir os rostos debaixo dos capuzes de suas capas de chuva. A madre superiora, o padre Herménégilde e o prefeito, que esperavam no último degrau da escada, se inclinaram respeitosamente e a rainha, a ministra e sua comitiva, enfiaram-se com pressa pelo hall de entrada sem perder tempo respondendo aos cumprimentos.

As coristas e as dançarinas que tinham se amontoado no hall por causa da chuva contavam para as colegas o que estava acontecendo. A madre superiora deu as boas-vindas aos visitantes ilustres que honravam, com sua visita, o Nossa Senhora do Nilo, liceu que ficava perdido nas montanhas, depois o padre Herménégilde começou o discurso que tinha sido corrigido e refeito até o último minuto, mas a rainha, a um sinal discreto de um dos representantes de sua comitiva que olhava para o relógio sem parar, interrompeu com uma expressão hábil o fluxo eloquente do capelão que parecia não ter mais fim. A rainha, cuja capa fora tirada já na entrada e agora estava com um imenso chapéu, disse que estava feliz e orgulhosa de visitar o liceu Nossa Senhora do Nilo, essa instituição que formaria, com um espírito cristão e democrático, a futura elite feminina do país. Ela desejava encorajar pessoalmente os esforços das alunas, dos professores e do governo nesse sentido. A ministra sublinhou que o presidente, apoiado pelo povo majoritário, trabalhava sem trégua para o desenvolvimento do país, impossível sem a colaboração das mulheres, cuja educação, segundo a moral cristã e os princípios democráticos, era uma de suas prioridades. Os clarões vindos dos flashes de dois fotógrafos da comitiva da rainha assustaram o prefeito que, por um instante, pensou se tratar de um atentado. O homem que olhava sem parar para o relógio falou algo ao pé do ouvido da madre superiora e esta, em seguida, convidou a rainha e a ministra para continuarem a visita e irem para as aulas, como a rainha desejava. Quatro músicas tinham sido ensaiadas com o irmão Auxile, reclamaram as coristas, mas tinham cantado apenas uma e ainda por cima ela fora cantada enquanto todo mundo subia as escadas, nem dava para saber se a rainha e a sra. ministra tinham ouvido.

No fim das contas, a rainha cumpriu a visita a todas as aulas. Em cada uma, o professor se apresentava à rainha que respondia com algumas palavras e, depois, cumprimentava e encorajava as alunas. Seu rosto parecia ter uma máscara com um sorriso fixo, exceto quando ela dava uma olhadinha para o homem do relógio. Na turma do sr. Decker, foi surpreendente a reverência da esposa dele que tinha vindo com o marido para saudar a soberana. Como previsto, Fabíola demorou alguns minutos a mais na aula da irmã Lydwine, deixou o professor fazer três perguntas e, depois, satisfeita com as respostas, perguntou às alunas o que elas gostariam de ser: enfermeiras, assistentes sociais, parteiras? Para não decepcioná-la, as alunas interrogadas escolheram, um pouco ao acaso, uma das três profissões que foram propostas. O homem do relógio começou a se mostrar impaciente. A rainha, a ministra e a sua comitiva voltaram rapidamente ao hall de entrada onde as alunas do último ano, que tinham descido enquanto Fabíola estava na aula da irmã Lydwine, a aguardavam para lhe oferecer os presentes. Gloriosa e Goretti deram a ela os cestos e os guardanapos bordados. Depois de admirá-los, a rainha entregou tudo a uma dama de sua comitiva, agradeceu com entusiasmo às duas alunas, perguntou o nome delas e deu beijo na bochecha de cada uma. Em seguida, rodeada por Gloriosa e Goretti, a rainha disse que guardaria a lembrança inesquecível de sua visita, na sua opinião muito curta, ao liceu Nossa Senhora do Nilo, que ela estava entusiasmada com tudo o que tinha visto e que eles poderiam sempre contar com ela para apoiar os esforços deste importante país, para promover a educação e o avanço das mulheres. Depois de cumprimentar a madre superiora, o padre Herménégilde e o prefeito, a rainha Fabíola e a ministra voltaram, sob o abrigo dos guarda-chuvas, para o Range Rover enlameçado, enquanto os membros da comitiva se lançaram, desordenadamente, nos outros veículos.

Tendo os dois jipes militares à frente, o cortejo cruzou o portão, foi se afastando pela estrada e sumiu por baixo da cortina de chuva.

Durante muito tempo, a visita da rainha Fabíola foi tema das conversas das alunas. Elas lamentavam que tivesse sido tão curta e que o programa incrível que elas haviam preparado por tanto tempo e com tanto cuidado não tenha sido apresentado como previsto. As coristas e as dançarinas estavam muito magoadas: por que a rainha tinha tanta pressa? Era chocante para uma rainha. Será que as rainhas sempre andam tão depressa assim? Ou é algo que acontece com todas as mulheres respeitadas? Dava para reconhecer nessa característica os maus hábitos dos brancos. Veronica deu o exemplo das *bamikazis* de outros tempos: elas andavam com uma lentidão digna, como se contassem os próprios passos, e ninguém jamais ousaria dizer a elas para se apressarem como o homem do relógio fazia com a rainha: elas que decidiam qual era o tempo das coisas. Gloriosa respondeu na mesma hora que essas rainhas eram tutsis, ou seja, eram preguiçosas, e nunca tinham encostado em uma enxada, eram parasitas que se alimentavam do trabalho dos pobres. E esses não eram bons modos para os verdadeiros ruandeses.

Modesta observou que, com todos aqueles braceletes que elas levavam no braço e anéis nas pernas, elas não podiam avançar sem se apoiar em alguém.

O assunto da conversa também ficou em torno da beleza de Fabíola. Quase todas elas acharam a rainha realmente bonita, mais bonita do que a sra. Decker, e branca, mais branca do que todas as mulheres brancas da capital. Além do mais, tudo era branco nela: Fabíola usava uma saia branca, uma jaqueta branca, que parecia um colete masculino, sapatos brancos que tinham permanecido assim o tempo todo, e as alunas se perguntavam como, limpíssimos. Algumas lamentavam ela não estar usando um vestido longo, de cauda, um verdadeiro vestido de rainha, como nas ilustrações dos livros de história, como o vestido da Cinderela. Immaculée explicou sentenciosamente que a rainha usava um *tailleur*, que era assim que as brancas se vestiam na terra delas, lá na Europa.

– Ela não é mais bonita do que a rainha Gicanda – disse Veronica sem se conter.

– Você e sua rainha antiga – respondeu Gloriosa – a suposta beleza dela não serviu para grande coisa. Não imagino um bom futuro a ela, trancada em sua *villa* em Butare. E vocês, os tutsis, consideram-na a mais bela do mundo, mas agora, a beleza mudou de lado. Sua suposta beleza fará com que ela seja infeliz.

No mais, tinha o chapéu. O mistério do chapéu. Um chapéu imenso, branco também, com laços de seda cor de rosa, penas e flores, um verdadeiro jardim, o jardim do Éden, diria o padre Herménégilde. Como ela tinha conseguido ficar com o chapéu debaixo do capuz da capa de chuva? Será que ela colocara o chapéu debaixo do guarda-chuva antes de entrar no hall? Era um o mistério. Todos reconheciam que era um verdadeiro chapéu de rainha, melhor do que uma coroa, e nunca tinham visto algo parecido em Ruanda. Só uma rainha seria capaz de carregar um monumento desse porte na cabeça.

Todo mundo esperava, com impaciência, as notícias de Godelive. O rei e a rainha teriam levado com eles a filha do presidente? Será que eles a tinham adotado como sua própria filha e ela seria considerada uma filha por eles? E Godelive, a dama de companhia, teria ido no mesmo avião da família real? Perguntaram à irmã Gertrude, que estava sempre com o rádio ligado, se ela tinha ouvido alguma notícia, mas, não, não tinham dito nada. Elas mandaram cartas para todos os seus conhecidos, principalmente para quem morava na capital. Pouco a pouco, juntaram as peças do quebra-cabeça. Realmente o presidente tinha a intenção de oferecer uma de suas filhas ao casal real da Bélgica. Ele ficou com pena, pois o rei não tinha filhos, então ofereceu de bom grado uma de suas filhas para salvar a linhagem. Ele esperava que, assim, os belgas ficariam sempre do lado do povo majoritário, como tinham ficado na independência. E o presidente entraria para a família: pela honra da filha em comum, não deixariam que ele fosse vencido. Mas o rei e a rainha não entenderam nada. Algumas coisas os brancos não vão entender nunca. Os belgas responderam que, claro, a filha do presidente poderia fazer seus estudos na Bélgica. Isso era natural. Mas no que dizia respeito a aceitar a filha como um presente, eles fingiam não ter ouvido, ou não ter entendido. A filha do presidente ficou em Ruanda, e Godelive também.

– Eu tinha razão – disse Goretti – eram só histórias. Godelive é tão idiota que acabou acreditando nas próprias mentiras.

– Vamos ver o que ela vai contar quando tiver que voltar – diziam as outras.

Godelive não voltou mais ao liceu. Ela se sentia humilhada demais para enfrentar a zombaria das colegas. Mas acabou indo à Bélgica. Seu pai encontrou um colégio interno chique. Diziam que a madre superiora tinha ajudado.

– Modesta – perguntou Gloriosa – você já reparou bem no rosto da Virgem?

– Qual Virgem?

– A estátua da Nossa Senhora do Nilo.

– Reparei, por quê? É certo que ela não é como as outras Marias, afinal é negra. Foram os brancos que a maquiaram de negra para agradar aos ruandeses, claro, mas o filho dela, na capela, permaneceu branco.

– Você reparou no nariz dela? É um nariz pequeno e reto, como o nariz dos tutsis.

– Eles pegaram uma Virgem que era branca e a pintaram de preto, ou seja, eles mantiveram o nariz dos brancos.

– Sim, mas agora que ela é negra, ela tem um nariz de tutsi.

– Naquela época os brancos e missionários ficavam do lado dos tutsis. Assim, ter uma Virgem negra com um nariz tutsi era bom para eles.

– Entendo, mas eu não quero uma Santa Virgem com um nariz de tutsi. Não quero mais rezar para uma estátua que tem um nariz de tutsi.

– O que você vai fazer? Você acha que pedindo à madre superiora ou ao monsenhor eles vão trocar a estátua? Talvez se você falar com o seu pai...

– É claro que vou falar com o meu pai... Além do mais, ele disse que pretendem des-tutsizar as escolas e o governo. Já começaram a mudar algumas coisas em Kigali e na universidade em Butare. A gente pode começar des-tutsizando a Santa Virgem e corrigindo o nariz dela, algumas pessoas vão entender o recado.

– Você está querendo quebrar o nariz da estátua! Quando descobrirem que foi você que fez isso, vão expulsá-la do liceu.

– Mas pense bem: e se eu explicar o motivo que me levou a fazer isso? Seria um gesto político e acho que vão me parabenizar. Além do mais, tem meu pai...

– E como você pensa em fazer isso?

– Não é difícil: quebramos o nariz da estátua e colocamos um nariz novo. Um domingo podemos ir a Kanazi, onde moram os batwas, e pegamos um pouco de argila, bem misturada e preparada, pronta para fazer potes, para moldar um nariz novo para Maria.

– E quando você vai colar o nariz novo?

– À noite, na véspera da peregrinação. No dia seguinte todo mundo verá o nariz novo da Nossa Senhora do Nilo. Um verdadeiro nariz de ruandesa, um nariz do povo majoritário. Todos vão gostar. Até a madre superiora. A gente não terá que explicar nada. Ou melhor, eu vou explicar a ela o que houve. Sei de algumas tutsis que vão abaixar a cabeça, que tentarão esconder o nariz pequeno. Você será a primeira, Modesta, com o nariz da sua mãe. Mas você vai me ajudar porque você é minha amiga.

– Gloriosa, eu fico com medo. Você vai ter problemas e, se eu participar disso, também terei.

– Não, não vai acontecer nada, já disse, nós somos militantes. O que vamos fazer é um ato militante e, com meu pai, ninguém ousará dizer nada. Eles serão obrigados a mudar a estátua, a colocar outra lá, uma verdadeira ruandesa, com um nariz majoritário. Você vai ver, o partido vai nos felicitar. Seremos mulheres políticas. Vamos acabar nos tornando ministras.

– Você, com certeza; já eu, duvido muito!

O projeto de Gloriosa deixou Modesta aflita. Ela esperava que sua amiga não pensasse mais no assunto, que bem rápido abandonasse a ideia. A peregrinação seria em um mês, até lá, sem dúvida Gloriosa teria esquecido. O que ela tinha dito era só uma piada, conversa fiada para passar o tempo, era tudo tão monótono no liceu que, às vezes, ocorrem esses pensamentos bizarros. Algumas imaginam até que um professor branco vai se apaixonar por elas e levá-las embora, porque na aula ele não tira os olhos delas, e elas vão embora com ele num avião da Sabena, outras dizem que a Virgem fala com elas à noite e elas anotam no caderninho tudo o que ouvem, há aquelas que acham que são rainhas de antigamente, ninguém deve tocar nelas, são preciosas, frágeis, sempre a ponto de desvanecer, outras dizem que vão morrer porque foram envenenadas e as envenenaram porque são muito bonitas, mais bonitas do que todas as outras, as invejosas ficam perseguindo-as com todas as maldições, elas não podem comer nada, o veneno está em todo canto. São essas ideias malignas que rondam a cabeça das moças, que entram no pensamento, às vezes ficam, às vezes desaparecem. Modesta esperava que a ideia maligna de Gloriosa fosse embora como tantas outras.

No domingo seguinte, na saída da missa, Gloriosa disse:

– Rápido, vamos à nascente. Quero dar uma olhada no lugar, ver como fazer para subir até o abrigo da Virgem do Nilo. Temos que saber exatamente como vamos escalar.

– Você ainda está pensando em fazer aquilo?

– É claro, agora mais do que tudo, e conto com a sua ajuda, isto é, se você ainda quiser ser minha amiga.

– Eu tenho medo – suspirou Modesta – eu não tenho um pai como o seu... mas posso ajudá-la, se sou mesmo sua amiga.

Chovia. No caminho, Gloriosa e Modesta passaram por algumas mulheres que voltavam da missa, levando um banquinho na cabeça.

– A gente mora mesmo nas nuvens – disse Modesta.

– Eu adoro essa chuva – respondeu Gloriosa – era tudo o que eu queria, e nem precisei pedir a Nyamirongi para ela vir. Não haverá ninguém rezando para a Nossa Senhora do Nilo, nem as que poderiam vir pedir boas notas se arriscariam com um tempo desse.

Elas desceram o declive que levava à nascente, torcendo os pés nos barrancos, se agarrando aos arbustos para não escorregar. Pararam na beirada do laguinho que continha a água da nascente antes que ela seguisse seu curso na direção do rio. A estátua de Maria pareceu bem alta e inacessível debaixo do abrigo de folha de metal, colocada – só deus sabia como – entre duas pedras enormes. Apesar do abrigo, as estações de chuva haviam deixado marcas na estátua. Seu rosto negro estava rachado, com riscos esbranquiçados, e as mãos unidas e pés nus também tinham manchas brancas.

– É a Nossa Senhora das Zebras – gargalhou Gloriosa – está vendo só, está mais do que na hora de pintá-la ou trocá-la, e o nariz é mesmo de uma tutsi, mas de uma tutsi albina.

– Fica quieta, não diga uma coisa dessas, vai dar azar.

Elas subiram até o terreno plano e contornaram as pedras enormes que eram lisas e brilhantes. Nas cavidades, quatro postes sustentavam uma plataforma de tábuas cobertas de musgos e liquens sobre a qual tinham erguido o nicho da Virgem.

– Está vendo – disse Modesta – é alto demais. A gente precisaria de uma escada.

– Você será a escada. É só me segurar nos ombros para eu subir, aí eu me penduro nas tábuas, você me segura e me empurra. Assim a gente consegue.

– Gloriosa, você está louca!

– Faça o que eu estou dizendo, não discuta se você quiser ser minha amiga.

Modesta se agachou diante da plataforma. Gloriosa colocou uma perna por cima dela e se instalou em seu ombro.

– Vamos, agora levante.

– Eu não consigo, você é pesada demais. E com a sua bunda enorme na frente, eu não consigo ver nada.

– Segure no poste.

Modesta agarrou o poste e, pouco a pouco, ergueu Gloriosa que não parava de encorajá-la: "Vai, isso, estamos quase lá!".

– Pronto – disse Gloriosa – meus cotovelos estão nas tábuas. Cuidado, vou dar um impulso para cima, fica firme e eu subo.

Gloriosa conseguiu entrar pela passagem estreita entre a pedra e a placa de metal. Ela ficou em pé e Modesta a viu desaparecer para dentro do abrigo.

– Consegui, estou tocando nela. Sou mais alta do que ela. Viu, vai ser fácil, uma pancada no nariz e pronto!

Gloriosa se esgueirou de novo entre o abrigo da Santa e a pedra.

– Cuidado – gritou ela – agora vou pular, me segura.

Gloriosa pulou, tombando em cima de Modesta e arrastando-a em sua queda.

– Olha só o nosso estado – disse Modesta se levantando – minha saia está cheia de lama e rasgada aqui do lado, minhas pernas, esfoladas. O que a gente vai dizer para a inspetora?

– A gente vai dizer que escorregou indo fazer uma prece para a Nossa Senhora do Nilo. Vão lamentar e nos felicitar por nossa devoção. Ou então a gente pode dizer que foi atacada por bandidos que queriam nos violar, mas a gente conseguiu escapar, gosto mais da segunda versão, somos mais corajosas, foram os *inyenzis* que nos atacaram, eles sempre ficam nas montanhas...

– Você sabe que não existem mais *inyenzis*, os tutsis trabalham com comércio em Bujumbura ou em Kampala.

– Meu pai sempre diz que a gente precisa repetir sem parar que ainda existem *inyenzis*, que eles estão sempre prontos para voltar, que se infiltram entre a gente, que os tutsis que sobraram esperam impacientes, e até os meio tutsis, como você. Meu pai diz que a gente deve sempre assustar as pessoas.

Gloriosa julgou que seria melhor, para a verossimilhança da história que contariam à inspetora, esperar anoitecer para voltar ao liceu. Elas foram se abrigar em uma cabana de pastor abandonada em Remera, que ficava um pouco abaixo do nível da estrada. Elas deitaram em uma espécie de cama feita de mato espesso que parecia ter sido renovada havia pouco. "Está vendo" – disse Gloriosa, "a cabana é frequentada mesmo que a cama seja um pouco dura para o que eles devem fazer aqui. Ainda vou descobrir quem é que marca seus encontros neste lugar". Ela se estendeu na cama: "Vem aqui deitar ao meu lado e levante o vestido. Você sabe o que precisamos fazer para nos preparar para o casamento, é o que as nossas mães sempre fazem".

– O que aconteceu com vocês, minhas pobrezinhas? – gritou a irmã Gertrude quando ela viu Gloriosa e Modesta cobertas de lama e com as roupas rasgadas.

– Nós fomos atacadas – disse Gloriosa com uma voz cortada de emoção – alguns homens com o rosto coberto, não sei quantos eram, eles se jogaram em cima da gente, com certeza queriam nos estuprar e nos matar, mas nos defendemos com pedras, gritamos, eles ouviram um Toyota vindo e fugiram assustados... Mas sei bem quem são eles, eu ouvi o que diziam, eram *inyenzis*, eles ainda existem, se escondem nas montanhas, foi meu pai quem disse, eles vêm de Burundi e estão sempre dispostos a nos atacar. Além disso, têm cúmplices, são os tutsis daqui. Temos de avisar à madre superiora.

Levaram as duas até o escritório da madre superiora. Gloriosa contou outra vez a história da agressão, mas, na nova versão, ela carregou nos detalhes: o número de *inyenzis* não parava de aumentar, seu alvo agora era o liceu, eles queriam estuprar todas as alunas, e matariam-nas depois de torturá-las, as religiosas não seriam poupadas, nem mesmo as brancas.

Modesta ficou calada: ela se esforçava para chorar e gemer de acordo com as instruções de Gloriosa. "Rápido", insistiu ela, "não temos nenhum instante a perder, estamos todas em perigo, os *inyenzis* já estão perto, estão em toda parte".

A madre superiora tomou as decisões necessárias. Ela se reuniu com o padre Herménégilde, com a irmã Gertrude e com a irmã intendente para formar um conselho de guerra e enviou o irmão Auxile de caminhão até a cidade. Ele voltou com o prefeito e dois policiais. Sem dar explicações, reuniu as alunas e o padre Herménégilde na capela para entoarem cânticos e orações. A irmã intendente distribuiu aos empregados facas de cozinha, sem esquecer de anotar com cuidado os números de cada uma em seu caderninho, e depois assumiu o comando da brigada que montava a guarda no portão do liceu. Já havia anoitecido. A irmã intendente decidiu distribuir para todo mundo biscoitos que ela tinha reservado para o dia da peregrinação. Na capela, apesar do esforço obstinado do padre Herménégilde em entoar cânticos e orações, os rumores acabaram chegando até lá. Cochichavam que o presidente tinha sido assassinado, que os *inyenzis* tinham atravessado o lago, que os russos tinham dado a eles armas monstruosas, que eles iriam matar todo mundo, até as jovens, depois de estuprá-las... Muitas estavam aos prantos, algumas pediam ao capelão para se confessar, outras esperavam, mesmo sem saber por que ou como, escapar do massacre, ou pelo menos do estupro.

Ouviram chegar o caminhão do irmão Auxile. Os guardas desconfiados (eles temiam que o caminhão tivesse caído em uma emboscada) abriram lentamente o portão, apesar da buzina impaciente do motorista. Aliviados, viram que o irmão Auxile trazia com ele não apenas o prefeito e dois policiais com seus fuzis, mas também vinte militares armados com machetes.

O conselho de guerra se reuniu de novo no escritório da madre superiora. Participaram da reunião a madre superiora, o prefeito, a irmã intendente e o padre Herménégilde, que tinha deixado as alunas sob os cuidados da irmã Gertrude. Gloriosa foi convidada para assistir, na condição de testemunha e vítima. Ela contou novamente a história da agressão para o prefeito: os supostos *inyenzis* eram sempre mais numerosos e mais violentos, ela subiu o vestido até o alto das coxas para mostrar os inúmeros arranhões que tinha levado. Modesta, sempre muda e, desta vez, aos prantos de verdade, foi conduzida à enfermaria, a irmã Angélique velaria por ela. O prefeito declarou que tinha conseguido estar com o comissário e que o próprio tinha alertado a base militar. O coronel enviaria com urgência cinquenta soldados sob o comando do tenente Gakuba. Nesse meio-tempo, colocariam militantes em pontos estratégicos e enviariam ao pequeno centro comercial uma patrulha de militantes conduzida por um policial. Autorizaram as alunas a voltar aos dormitórios e às camas, mas sem trocar de roupa.

Todos esperaram. A noite foi especialmente escura, e a montanha, silenciosa. A patrulha voltou do vilarejo e só acordou alguns cachorros que levaram um tempo para calar seus gemidos e latidos furiosos. Pouco depois de meia-noite, chegaram dois caminhões cheios de militares que rapidamente se posicionaram em torno do liceu. O jovem tenente que comandava o grupo participou de uma conversa no grande escritório com a madre superiora e o prefeito. Gloriosa contou de novo sua história: desta vez, ela acrescentou que julgava ter reconhecido a voz de um dos que as tinham atacado, ela não tinha certeza, mas podia ser a voz de Jean Bizimana, filho de Gatera, um tutsi que tinha uma lojinha no mercado. O coronel disse que os tutsis eram sempre cúmplices dos *inyenzis*, ele não tinha dúvidas de que os bandidos que tinham vindo de fora do país agora estavam escondidos na casa de tutsis. Ele enviaria patrulhas para investigar a casa deles, os militantes serviriam de guias. E mandaria imediatamente prender Jean Bizimana. "Com os *inyenzis*, não podemos perder tempo", disse o tenente.

As operações que o tenente ordenou foram atendidas de imediato. Os chefes das patrulhas voltaram, depois de uma hora, para fazer um relato ao tenente, na frente da madre superiora, do prefeito e de Gloriosa, que tinha se recusado a ir dormir no quarto de hóspedes, como lhe propuseram, o quarto mais bonito de todos, o do monsenhor. Jean Bizimana fora preso sem opor resistência, no meio de gritos e choros de seus pais, dos irmãos e irmãs. Os militantes tinham-no interrogado com a autoridade necessária para ele denunciar os cúmplices, mas ele não confessou nada. Iriam colocá-lo na prisão maior, que ficava no norte do país. "São poucas as chances de ele voltar para esse município", disse o prefeito rindo.

Os militares vasculharam os raros terrenos cercados onde ainda moravam tutsis. Eles revistaram, meticulosamente, os celeiros, quebraram os jarros, interrogaram todos os moradores, até as crianças. Em vão. Os *inyenzis* já tinham ido embora sem dizer nada. "Bom, duas jovens corajosas conseguiram fazer com que eles fugissem" – disse o tenente. – "É uma pena que nenhum deles tenha sido pego, mas foi uma boa operação: nunca é demais lembrar aos tutsis que, aqui em Ruanda, eles são apenas baratas, *inyenzis*."

Gloriosa ficou no quarto do monsenhor durante algumas semanas, até o dia da peregrinação, foi o que ela pediu. Não dava para recusar nada a uma moça que tinha demonstrado tanta coragem e que o padre Herménégilde tinha comparado, num de seus sermões, a Joana d'Arc. Os feitos das duas alunas, sobretudo os de Gloriosa, foram celebrados nas mais altas instâncias do partido. "Duas alunas heroicas põem em fuga criminosos perigosos que tinham vindo semear a desordem no país", dizia a manchete do jornal. Gloriosa tinha se tornado a heroína que salvara o liceu e, quem sabe até, o país inteiro. Os religiosos e os professores aumentavam o cuidado ao se dirigirem a ela; ao seu redor, a corte de colegas solícitas tinha crescido consideravelmente, mas algumas evitavam falar muito tempo com ela por medo de dar um passo em falso. Apenas Goretti se mantinha à distância e, só diante das que ainda lhe eram fiéis, permitia-se expressar dúvidas sobre a autenticidade dos feitos de Gloriosa.

Modesta esperava que, por medo de comprometer a fama do momento, Gloriosa fosse desistir do projeto de mutilar a estátua da Nossa Senhora do Nilo, mas, um dia, durante a aula da irmã Lydwine, ela sussurrou: "Não se esqueça, domingo nós vamos ver os batwas".

O vilarejo dos batwas compreendia uma dúzia de pequenas cabanas desordenadas, espalhadas por um bananal escasso. Num terreno plano, um grande círculo enegrecido marcava o lugar onde ficava a fogueira para queimar a cerâmica alguns dias antes do mercado. Ao redor, erguiam-se, como pequenas pirâmides desmoronadas, montes de cacos.

Quando as duas jovens se aproximaram, um grupo de crianças fugiu gritando, todas elas nuas, com linhas esbranquiçadas de argila sobre os ventres inchados que lembravam pequenos balões. O vilarejo parecia estar vazio, estranhamente silencioso. Percorrendo os caminhos que levavam até as cabanas, elas acabaram encontrando uma mulher que modelava um pote. A partir de um fundo de cerâmica quebrada, sobre o qual estava a argila, ela fazia surgir, pouco a pouco, sobrepondo a argila em espiral, a forma lisa e arredondada de uma vasilha. A ceramista, de tão absorta, nem levantou o olhar quando Gloriosa e Modesta se aproximaram. Elas tossiram para chamar a atenção da mulher. Sem interromper o trabalho nem levantar o olhar, a ceramista acabou resmungando: "Se vocês querem comprar um pote, eles ainda não estão prontos. Estão secando. Venham ao mercado, estou sempre lá. Vocês podem comprar todos os potes que quiserem".

Pouco a pouco, as crianças que haviam fugido com a chegada das estudantes saíam de seus esconderijos, aproximavam-se delas, andavam ao seu redor, apertavam-nas, tentavam tocá-las. Os adultos, homens barbudos e mulheres tagarelas, misturavam-se lentamente às crianças. "Diga a eles para se afastarem", disse Gloriosa à ceramista apertando as dobras de sua saia, "não quero que me toquem – Se afastem", disse ela, enquanto um velho com uma barbicha branca saía de uma cabana, afastando com a bengala os mais atrevidos. Ele foi se sentar perto da ceramista. Gloriosa explicou o que queria: um pedaço de argila, a pedido de um professor do liceu. A ceramista e o velho não compreendiam. Gloriosa repetiu seu pedido.

– Você quer ser ceramista – perguntou o velho gargalhando – você quer ser como nós, os *batwas*. Você é uma *mutwa*? Você é bem grande para ser uma *mutwa*!

– Me dê um pedaço de argila – insistiu Gloriosa – eu pago o preço de um pote inteiro, de um jarro, de um grande jarro.

A mulher e o velho pensaram durante um tempo, conversaram em voz baixa, olhando às vezes para Gloriosa e Modesta com um ar de zombaria.

– Dois jarros – a ceramista acabou dizendo – dois grandes jarros de cerveja, é o preço para você ter um pedaço de argila. Vinte francos.

Gloriosa deu a ela uma nota de vinte francos, que a ceramista imediatamente amassou formando uma bola que guardou no nó de seu pano. Ela pediu a uma criança para colher um pouco de mato. Ela trançou uma espécie de rede na qual enrolou um dos pedaços de argila que ela usava para fazer a cerâmica.

– Pegue – disse ela – mas não vai contar a ninguém o que você leva aí dentro. Vão dizer que você se tornou uma *mutwa*.

Gloriosa e Modesta se afastaram o mais rápido possível do vilarejo, seguidas até a estrada por uma multidão animada que gritava, cantava e dançava.

Quando ficaram, por fim, a sós, Gloriosa abriu o envelope feito de mato e ficou olhando para o pedaço de argila.

– Olhe, tem o suficiente aqui para consertar o nariz de todas as Virgens de Ruanda!

– Estou levando na bolsa tudo o que precisamos para essa noite – disse Gloriosa.

Gloriosa abriu a bolsa e Modesta viu que ela levava um martelo, uma lima e uma lanterna.

– Onde você conseguiu essas coisas?

– Butici, o mecânico, pegou emprestado para mim no ateliê do irmão Auxile.

– Você deu dinheiro a ele?

– Não precisei. Ele me conhece e ficou bem contente de poder me ajudar.

– E como a gente vai fazer para sair do liceu à noite?

– Você vai me encontrar no quarto de hóspede porque te colocaram de volta no dormitório. Não vão recusar isso para você. Além do mais, sou eu que vou pedir. Atrás do bangalô de hóspedes, não será difícil pular o muro, já vi onde tem uma brecha.

– Você tem certeza de que quer fazer isso?

– Absoluta! Agora que eu sou uma heroína – e você também, aliás – vão dizer que é mais um de nossos feitos, e, na verdade, é mesmo, acredite em mim.

– Você sabe que todas essas coisas foram baseadas nas suas mentiras.

– Não são mentiras. É só política.

"Vamos sair quando todo mundo estiver dormindo", disse Gloriosa. Elas esperaram o liceu ficar mergulhado no sono e na noite. Primeiro escutaram os barulhos das alunas entrando no dormitório, depois o murmúrio da última prece que recitavam antes de deitar. O sinal tocou e o portão fez seu rangido ao se fechar, estava na hora de se recolher. Meia hora mais tarde, o zumbido do gerador de energia cessou. Os guardas, com lanças ou machetes nas mãos, fizeram a última ronda, depois se enrolaram na coberta ao lado do portão e, apesar das ordens contrárias, acabaram dormindo. Nenhuma lâmpada brilhava mais na janela do escritório da madre superiora. "Chegou a hora", disse Gloriosa, "vamos".

Elas escalaram sem dificuldades o muro, no fundo do jardim, e se enrolaram num pano. "Toma, leve minha bolsa", disse Gloriosa, "eu vou na frente". Na beira da estrada, hesitaram por um instante. A noite tinha feito todos os pontos de referência desaparecerem. Era como se as montanhas estivessem cheias de uma escuridão enorme que preenchesse o buraco vertiginoso no qual, às vezes, elas viam o lago.

– Vamos nos perder – disse Modesta, acenda a lanterna.

– É muito perigoso. Talvez ainda haja patrulhas de militares ou militantes do partido. Eu realmente deixei todo mundo com medo dos meus *inyenzis*.

Tateando, elas conseguiram seguir pela estrada e chegar ao estacionamento que ficava em cima da nascente. O caminho que descia até lá tinha sido aplanado e pavimentado, sem dúvida por causa da peregrinação. Gloriosa acendeu a lanterna e as duas contornaram as enormes pedras. Ao chegar lá, se surpreenderam ao ver uma escada encostada na plataforma. "Está vendo", disse Gloriosa, "a sorte está com a gente, é um sinal de que será um ato patriótico: os jardineiros que vieram limpar o abrigo e colocar as flores de decoração esqueceram a escada".

Gloriosa subiu na plataforma e pegou o martelo, a lima, o pedaço de argila e a lanterna que Modesta lhe alcançara. Depois, ela escorregou bem na frente da estátua e derrubou os vasos de flores que caíram dentro do laguinho onde ficava retida a água da nascente. A ponto de perder o equilíbrio, Gloriosa deu uma martelada com tanta violência no nariz da Virgem que a cabeça da estátua se despedaçou toda. Ela desceu correndo da plataforma e disse à Modesta, que estava tremendo de frio e preocupação:

– Eu quebrei a cabeça da Virgem Maria, vai ser impossível refazer o nariz. Mas, ao menos, terão que trocar a estátua.

– O que vai acontecer com a gente? Que pecado horrível – disse Modesta – se perceberem um dia que nós fizemos isso...

– Você está sempre preocupada, Modesta, eu já sei o que vou fazer.

Já na primeira luz do dia, o liceu se encheu de alegria. Era o grande dia, o da peregrinação! As alunas retomaram o novo uniforme, que tinha sido usado na visita da rainha, mas na jaqueta descosturaram o brasão com as cores da Bélgica para substituí-lo por outro, oferecido pelo padre Herménégilde, sobre o qual estavam bordados os corações enlaçados de Jesus e Maria.

O ponto de encontro foi no pátio, diante da capela, cada turma se enfileirou atrás de uma bandeira bordada pelas alunas nas aulas de costura. O padre Herménégilde veio abençoá-las e o irmão Auxile distribuiu as folhas com os novos cânticos. A irmã intendente contou as latas de sardinha, de carne, de queijo Kraft e de geleia e as empilhou e guardou em grandes panos que os empregados levaram sobre a cabeça. Fez-se silêncio quando a madre superiora apareceu na capela, acompanhada do prefeito e de dois policiais, com seus fuzis nas costas, seguida por todos os professores. Ela fez um pequeno discurso, lembrando a história da Nossa Senhora do Nilo, pedindo a todos para terem piedade e, virando-se para o prefeito, declarou que este ano fariam um pedido especial à Virgem Negra para que reinasse a paz e a harmonia sobre as inúmeras colinas deste belo país.

O cortejo começou a andar, passou pela barreira dos militantes, seguiu a estrada pelo alto da montanha, desceu a trilha e se organizou, turma por turma, na ladeira diante da nascente. De repente, um grito de pavor ressoou: a Virgem não tinha mais cabeça, ou melhor, o que restava da cabeça parecia uma cerâmica quebrada. Tinham despedaçado o rosto da Madona e os cacos tinham se espalhado pela plataforma. As flores boiavam na água do laguinho que ameaçava transbordar, pois um dos vasos havia obstruído o escoadouro.

– Sacrilégio, Sacrilégio! – gritou a madre superiora.

– É obra do diabo – exagerou o padre Herménégilde – fazendo gestos amplos de bênção como se exorcizasse alguma coisa.

– Sabotagem – rosnou o prefeito que correu logo para trás das pedras e, em seguida, passou um braço por cima da estátua decapitada segurando na mão uma bola escura.

– Uma granada! – gritou um professor branco que logo começou a correr pela trilha, levando seus colegas que escalavam a encosta com uma agilidade inimaginável.

Um dos policiais ergueu seu fuzil e atirou na parte de baixo do vale nas samambaias que cresciam por cima do riacho.

O pânico se espalhou entre as estudantes. Elas se atropelavam, pisoteavam-se, corriam pela estrada numa debandada que as instruções, súplicas e pedidos da madre superiora, enredada em seu vestido comprido, e do padre Herménégilde, que erguia sua batina, e do prefeito sem fôlego, não podiam conter. O prefeito mostrava a bola escura gritando: "Não é nada, não é nada, é só argila". Os empregados abandonaram as enormes cestas de provisões que estavam carregando e as latas de conserva desciam a ladeira para o grande desespero da irmã intendente que rapidamente precisou renunciar à tarefa de recuperá-las.

Os fugitivos se encontraram no pátio do liceu e, enfim, retomaram o fôlego. "Todos para a capela", ordenou a madre superiora. Assim que se sentaram nos bancos, ela começou a falar:

– Minhas meninas, vocês foram testemunhas de um terrível sacrilégio. Foram mãos ímpias que atentaram contra o rosto doce de Maria, nossa protetora, Nossa Senhora do Nilo. Não desejo saber quem foi o responsável, mas somos nós que devemos expiar por este crime contra Deus. Faremos um jejum, hoje só vamos comer feijão cozido. Que Deus perdoe aquele ou aqueles que cometeram tal pecado.

Foi nesse momento que Gloriosa saiu da sua fila nos bancos e foi até as escadas do altar. Ela disse algumas palavras ao pé do ouvido do prefeito que se aproximou da madre superiora. Eles conversaram em voz baixa por um tempo. Por fim, a madre superiora, um pouco contrariada, declarou:

– Gloriosa tem algo a dizer.

Gloriosa subiu até o degrau mais alto diante do altar, olhou suas colegas calmamente, fixando-se em algumas com um sorriso irônico ou satisfeito. Assim que começou a falar, sua voz retumbante deixou todas sobressaltadas:

– Minhas amigas, não é em meu nome que falo aqui, mas em nome do partido, do Partido do povo majoritário. Nossa Reverenda Madre superiora disse que não queria saber quem quebrou a cabeça da Nossa Senhora do Nilo, mas nós sabemos bem: os que cometeram esse crime foram os nossos inimigos de sempre, os algozes de nossos pais e nossos avós, os *inyenzis*. São os comunistas, os ateus. Eles são guiados pelo diabo. Como na Rússia, querem queimar as igrejas, matar os padres e os religiosos, perseguir os cristãos. Eles estão infiltrados, estão em todo canto, tenho até medo de que estejam aqui entre nós, em nosso liceu. Mas confio no senhor prefeito e em nossas forças armadas, eles sabem fazer bem o seu trabalho. Mas o que eu gostaria de dizer é que, em breve, teremos uma nova estátua da Nossa Senhora do Nilo e ela será uma ruandesa de verdade, com o rosto do povo majoritário, uma Virgem hutu, da qual teremos orgulho. Vou escrever ao meu pai, pois ele conhece um escultor. Em pouco tempo, teremos uma Nossa Senhora do Nilo autêntica, à imagem das mulheres ruandesas, à qual poderemos rezar sem hesitação, que velará pelo nosso país, Ruanda. Mas nosso liceu, vocês sabem, ainda está cheio de parasitas, de impurezas, de imundices, que fazem este lugar ser indigno para receber a verdadeira Nossa Senhora do Nilo. Sem mais demora, precisamos começar o trabalho. Precisamos limpar tudo, até os cantinhos. É um trabalho que não deve desanimar ninguém. É o trabalho dos verdadeiros militantes. Bom, era isso o que eu tinha para dizer. Agora, podemos cantar o hino nacional.

As alunas aplaudiram e o prefeito entoou o canto que todo mundo continuou em coro:

*Rwanda rwacu, Rwanda gihugu cyambyaye,*
*Ndakuratana ishyaka n'ubutwali.*
*Iyo nibutse ibigwi wagize kugeza ubu,*
*nshimira Abanyarwanda bacyu*
*bazanye Repubulika idahinyuka.*
*Twese hamwe, twunge ubumwe dutere imbere ko...*

Ruanda, Ruanda nossa, que nos deu à luz,
Eu a celebro, você que é tão corajosa, nossa heroína.
Lembro das tantas provações que atravessou
E faço aqui esta homenagem aos militantes
Que fundaram uma República inquebrantável
Juntos, em uníssono, vamos seguir adiante...

– Está vendo, disse Gloriosa à Modesta ao se sentar, aqui eu já sou ministra.

No mês seguinte ao atentado contra a estátua da Nossa Senhora do Nilo, as atividades do liceu se concentraram na preparação de uma cerimônia triunfal para receber a nova e autêntica Madona do Rio. A antiga foi retirada de seu nicho sem nenhum protocolo. Não sabiam muito bem o que fazer com ela. Destruí-la seria um pouco perigoso, pois temiam uma vingança por parte Daquela que, por tanto tempo, fora adorada e recebera tantas preces. Acabaram colocando-a debaixo de uma lona na casinha que abrigava o gerador elétrico no fundo do jardim. Suspeitavam que, de vez em quando, a velha irmã Kizito ia até lá arrastando suas muletas fazer uma prece para a Virgem que ela tinha visto ser erguida, com tanta solenidade e fervor, no alto da nascente.

Gloriosa triunfava. Com a bênção dos militantes e a ajuda eficaz do padre Herménégilde, ela se autoproclamou presidente do Comitê de Entronização da Autêntica Nossa Senhora do Nilo. A biblioteca virou o quartel-general do grupo e teve o aceso restrito somente a quem tivesse autorização. Instalaram ali um telefone, que até então era exclusividade do escritório da madre superiora. Gloriosa raramente assistia às aulas e, na companhia do padre Herménégilde, não hesitava em interromper essas mesmas aulas para fazer discursos curtos, em kinyarwanda, pontuado por *slogans* cheios de duplo sentido. Ela se reconciliou muito bem com Goretti acolhendo-a entre os membros do comitê. Mas Goretti, que aprovava e encorajava o ativismo de Gloriosa, recusou o posto de vice-presidente que a outra lhe oferecera e, na frente das colegas, mostrava uma reserva prudente. A madre superiora não saía mais de seu escritório e, quando saía, fingia não ver a desordem que reinava no instituto. Quando o padre Herménégilde ia relatar a ela as atividades do comitê, e só por respeito à hierarquia, mal dissimulando certa insolência, a madre superiora se contentava em responder:

– Bom, meu padre, você sabe o que faz. Ruanda é um país independente, independente... mas não se esqueça que somos encarregados de cuidar de um liceu de moças, elas são só moças...

E, então, mergulhava nos documentos que tinha pedido para a irmã intendente trazer com um levantamento das novas alunas, sob o pretexto de planejar o ano letivo seguinte.

Gloriosa e o padre Herménégilde partiram por alguns dias em missão para Kigali e Butare. Uma Mercedes enorme, disponibilizada pelo pai de Gloriosa, veio buscá-los no liceu. Na volta, eles se reuniram apressadamente no escritório do comitê, falaram com a madre superiora e convocaram alunas e professores para uma reunião geral na grande sala de estudos. Gloriosa deixou o padre Herménégilde falar primeiro. Ele revelou que, com o apoio das mais altas instâncias do governo e do partido, a entronização da nova e autêntica Nossa Senhora do Nilo seria uma ocasião para reunir a elite da Juventude Militante Ruandesa, JMR, que, naquele momento, em todo o país, dava continuidade à gloriosa revolução social feita pelos seus pais. Secundaristas e estudantes universitários viriam até Nyaminombe em micro-ônibus. Eram esperados uns cinquenta jovens, escolhidos entre os melhores componentes da Juventude Militante. O Exército emprestaria tendas para eles erguerem um acampamento no terreno próximo à nascente, pois estava fora de cogitação hospedar os rapazes dentro do liceu, tão perto das moças. A cerimônia seria, ao mesmo tempo, religiosa e patriótica. Ele acabou seu discurso em kinyarwanda, proclamando que a Juventude Ruandesa faria um juramento à Nossa Senhora do Nilo, representante, a partir dali, dos verdadeiros ruandeses, e pediriam a ela para que sempre se lembrasse dos séculos de servidão que os invasores arrogantes impuseram ao povo local. Pediriam também que defendesse as aquisições da revolução social e combatesse sem cessar aqueles que, de fora do país, mas, principalmente, no interior deste, permaneciam como inimigos implacáveis do povo majoritário. Gloriosa acrescentou, ainda em kinyrwanda, que o liceu Nossa Senhora do Nilo não tardaria a seguir o exemplo dos corajosos militantes que se levantaram nas escolas e no governo local para livrar o país dos cúmplices dos *inyenzis*. As alunas do Nossa Senhora do Nilo, que formavam a elite feminina de Ruanda mostrar-se-iam dignas da coragem de seus pais e, ela, Nyiramasuka – todos poderiam ter certeza disso – seria digna de seu nome.

Toda a sala aplaudiu Gloriosa. Apenas o sr. Legrand ousou fazer uma objeção:

– Mas com toda essa festança, como vamos terminar o programa do curso? Não corremos o risco de ter a homologação recusada e perder, assim, o ano inteiro?

O padre Herménégilde respondeu com extrema cortesia, dizendo que os professores estrangeiros e amigos não tinham por que se preocupar, tudo aquilo não lhes dizia respeito. O liceu Nossa Senhora do Nilo, considerado como o melhor do país, não tinha nada a temer, ele seria, como todos os anos, coroado pela homologação nacional de seu exame de fim de ano.

– Virginia, está chegando a hora, você percebeu? Não é porque estamos numa escola de privilegiadas que vamos escapar. Pelo contrário. Nós somos o maior erro cometido por eles. E não vão levar muito tempo para corrigir isso. Gloriosa tramou tudo: a história dos *inyenzis* fantasmas, o atentado contra a estátua, a nova Madona dos hutus. Tudo está pronto, estão esperando apenas a reunião da JMR, e não pense que eles chegarão entoando seus cânticos à glória de Maria. Chegarão com bastões, marretas, talvez machetes, tudo para honrar a Nossa Senhora do Nilo deles. Acho que as novas alunas entenderam bem o que vai acontecer com a gente. Mas se ainda houver quem se apegue às próprias ilusões porque foram admitidas no liceu de futuras esposas de ministro, é preciso preveni-las. Mas com cautela, pois é muito perigoso se reunir. Imagine o complô: uma reunião de tutsis! E quando chegar a hora de fugir, cada uma terá de fazer a sua parte para embaralhar as pistas. Algumas de nós seremos pegas, mas espero que outras consigam escapar.

– Escute – disse Virginia – não vou sair do liceu sem o meu diploma, nunca. Se você soubesse o que ele significa para a minha mãe e os sonhos que ela fez por causa de um pedaço de papel. Além do mais, penso em todas aquelas que eram tão inteligentes quanto a gente, e talvez até mais, e que foram excluídas pela famosa cota. Elas tiveram que se resignar e se tornar camponesas simples e pobres para a vida toda. É um pouco por elas que quero esse diploma, mesmo que, em Ruanda, ele corra o risco de não servir para grande coisa. Além do mais, não é a primeira vez que nos ameaçam, isso faz parte do nosso dia a dia. Aguardemos o diploma e, se for preciso partir, encontraremos um jeito.

– Eu não teria tanta certeza. Você sabe que em todo o país começou a caça aos funcionários e estudantes tutsis. Logo chegará a vez do nosso liceu, por que ele escaparia? O processo de purificação terminará em grande estilo no liceu da elite feminina. Você sabe o que espera a gente ou será que esqueceu o que já passamos e o que nos prometem todos os dias? Em 1959, metade da minha família se refugiou em Burundi, três de meus tios foram assassinados em 1963, meu pai não foi morto, mas colocaram-no na prisão com muitos outros (em Kigali, eles não matavam tanto quanto gostariam porque as Nações Unidas estavam lá), bateram tanto nele na prisão e, quando o soltaram, porque o presidente queria mostrar aos brancos que ele era pacífico, fizeram-no pagar uma multa pesada, tomaram o caminhão e o táxi que ele tinha e, para piorar, obrigaram-no a assinar um papel em que ele reconhecia que era espião e cúmplice dos *inyenzis*. Meu pai tem medo, pois o documento ainda está nas mãos da Segurança Nacional e talvez isso possa servir de justificativa para matá-lo agora.

– Se matarem nossos pais, é melhor matarem a gente também. Você sabe o que aconteceu quando nos refugiamos na missão? Estava cheio de órfãos, os pais e mães tinham acabado de ser massacrados. O prefeito foi até lá dizer que havia famílias hutus que poderiam adotá-los, ele usava palavras bonitas na frente dos missionários: caridade cristã, solidariedade cívica. Quando meu pai repete essas palavras, ele fica furioso e minha mãe começa a chorar. Então, dividiram os órfãos: os garotos foram trabalhar no campo e as garotas tiveram sucesso, você pode adivinhar como! Quando a JMR chegar, como Gloriosa prometeu – e sabemos para que virão – ainda teremos tempo para nos esconder, tentar achar nossas famílias e ir para Burundi.

– Eu vou para a casa do Fontenaille, ele vai me defender, não vai me deixar nas mãos de estupradores e assassinos: para ele, eu sou Isis e, além do mais, fora você, ninguém sabe que costumo ir lá.

– Você tem certeza? Ninguém te seguiu? Você não disse nada para Modesta? Às vezes desconfio. Por que será que ela gosta tanto de falar com as tutsis se escondendo da sua grande amiga? Será que é por ela ser metade tutsi ou é para nos espionar? Coitada, por que complica tanto a vida assim?

– Não sei, talvez ela tenha adivinhado alguma coisa. Ela me pergunta, com frequência, o que eu faço aos domingos e, rindo, faz alusões ao branco velho e doido que adora desenhar belas tutsis.

– Cuidado. Mesmo tendo a mãe tutsi, você sabe de que lado ela está.

– Mas Virginia, se realmente temos que fugir, como vamos fazer? O liceu é a única coisa em Nyaminombe, ele está cercado por todos os lados. Tenho certeza de que o prefeito, policiais e militantes já estão vigiando tudo de perto. E, quando chegar o dia, vão levantar barreiras na estrada. Mesmo disfarçada de velha camponesa, você não fugirá de Nyaminombe em um Toyota. E dentro do liceu, não confie em ninguém. A madre superiora já se trancou no escritório para não ver nada. Os professores belgas continuam as aulas, impassíveis. Os franceses, mesmo tendo alguma simpatia por nós (pelo que parece, é por causa de nossa beleza), obedecerão às ordens de sua embaixada: nada de se intrometer! Quando os assassinos vierem para cima de nós, alguns dirão: na África sempre foi assim, acontecem esses assassinatos violentos que ninguém compreende e, mesmo que algumas pessoas se tranquem para chorar, as lágrimas delas não vão salvá-los. Mas ainda tenho uma esperança: Fontenaille. Ele mandou fotos minhas para a Europa e vive dizendo que lá eles me conhecem, que estão me esperando. Ele não vai deixar que me matem na sua frente sem fazer nada. Venha comigo. Você também é a rainha dele, Candace. Ele precisa salvar a deusa dele e a rainha.

– Não vou me esconder na casa do seu branco. O mais estranho é que não estou com medo, é como se eu tivesse certeza de que vou escapar, como se alguém, alguma coisa tivesse me prometido isso.

– Quem?

– Não sei.

Virginia contava os dias que levavam as alunas tutsis inexoravelmente a um destino que ela julgava inevitável. Não havia dúvida de que o plano do padre Herménégilde se completaria por inteiro. Mas ela não conseguia tirar de dentro de si a certeza de que escaparia, o que a incomodava. Enquanto esperava, Gloriosa se tornou mestre absoluta do liceu. Ela reinava também no refeitório. A mesa que ficava em cima de um pequenino estrado, de onde a irmã Gertrude e as inspetoras supervisionavam o jantar, permanecia vazia. Gloriosa declarou que não queria mais abrir a boca diante das *inyenzis*. A partir de então, as tutsis deveriam comer depois das verdadeiras ruandesas que cuidariam para deixar uma cota de comida que ainda era concedida às parasitas que estudavam ali. Todas as outras colegas de mesa seguiram seu exemplo. Gloriosa decretou também que ninguém mais deveria se dirigir às tutsis-*inyenzi* e que era preciso impedir que elas se comunicassem entre si. As verdadeiras militantes passariam a ficar de olho nelas e relatariam à Gloriosa todos os fatos e gestos que lhes parecessem suspeitos. Virginia reparou, contudo, que Immaculée sempre dava um jeito de ser a última a deixar a mesa e que discretamente deixava no prato boa parte de sua comida.

Virginia não podia mais, não queria mais dormir. Espreitava os barulhos e esperava com angústia o rangido do portão, o ronco dos motores, o cantar dos pneus, tudo que pudesse anunciar a chegada dos assassinos. Haveria, em seguida, gritos violentos, vociferações, os sapatos com pregos martelando as escadas, o pânico da fuga...

Virginia desejava que tudo se passasse à noite. Achava que assim seria mais fácil despistar os perseguidores pelos corredores do liceu, chegar ao jardim pela escada que levava à cozinha, pular o muro, correr, correr, correr na direção da montanha... Depois não sabia o que aconteceria. Ela não conseguia imaginar. De todo modo, tinha que ser uma noite sem lua.

As imagens da fuga, sempre as mesmas, se repetiam na cabeça de Virginia, mas uma noite, ela não resistiu ao sono e teve um sonho que, ao despertar, reforçou ainda aquela certeza vaga e estranha de que ela seria poupada. No sonho, ela se via num labirinto de uma grande propriedade, como as construídas pelos antigos reis. Por baixo de feixes de bambus que emolduravam a entrada de um pátio, havia um homem jovem e grande que aguardava por ela. Os traços do rosto dele lhe pareceram de uma beleza perfeita. "Você não me reconhece", disse ele, "porém você veio até mim, você não reconhece Rubanga, o *umwiru*?" Ele lhe estendia um grande pote de leite: "Leve isso até a rainha, ela está esperando você". Virginia continuou seu caminho por entre altos muros interligados e acabou desembocando num pátio grande onde jovens bem bonitas dançavam ao ritmo despreocupado de uma música que lembrou uma cantiga de ninar que sua mãe cantava. A rainha saía da grande cabana com o rosto escondido por baixo de um véu de pérolas. Virginia se ajoelhou diante dela e lhe entregou o pote de leite. A rainha bebeu lentamente, deliciando-se com o leite, entregou o pote a uma de suas seguidoras e se dirigiu a Virginia: "Você me serviu muito bem, Mutamuriza, você é a minha favorita. Tome a sua recompensa". Virginia viu que dois pastores a levaram até um bezerro todo branco. "É para você", disse a rainha, "ele se chama Gatare, guarde bem esse nome, Gatare".

Virginia acordou bruscamente com o rangido do portão. Ela teve um sobressalto. Eram os assassinos? Tocou o sinal de acordar e ela se tranquilizou. O dia começava como todos os outros. A lembrança do sonho invadiu seu pensamento. Ela se refugiou nele e sentiu-se acolhida por uma proteção invisível. Ela repetiu como uma invocação o nome do bezerro do seu sonho: "Gatare, Gatare". Ela gostaria de ficar para sempre dentro do próprio sonho.

A nova estátua de Nossa Senhora do Nilo chegou numa caminhonete coberta. Em seguida, foi rodeada por uma aglomeração de alunas. Mas elas ficaram bem decepcionadas. A estátua estava guardada em uma caixa de madeira que os empregados colocaram sobre os ombros, seguindo as recomendações do padre Herménégilde, e transportaram-na para a capela. O capelão se fechou com Gloriosa e trancou a porta. Do lado de fora, ouviram só as marteladas dos empregados desmantelando a caixa. "Ela é bela", disse Gloriosa saindo da capela, "muito bela, realmente negra, mas ninguém deve vê-la até que o liceu seja digno de recebê-la e que o monsenhor a abençoe". Mesmo assim as alunas se precipitaram para dentro da capela e só viram, diante do altar, uma forma incerta, enrolada em uma enorme bandeira de Ruanda.

Virginia procurou em vão por Veronica. Ela não estava na aula, e também não fora ao refeitório. As alunas do último ano fingiam não ter reparado no desaparecimento da colega. Gloriosa disse em voz alta para que Virginia ouvisse: "Não se preocupem, Veronica não foi muito longe, eu sei que tem gente aqui que sabe onde ela está, eu também sei e minha fonte é segura", acrescentou ela, olhando para Modesta. Subindo ao dormitório, no tumulto da escada, Modesta conseguiu soltar algumas palavras para Virginia: "Não vá à casa do velho branco, encontre outro lugar, mas não vá até lá".

Durante toda a noite, Virginia ficou pensando em como avisar Veronica. Ao ver a estátua chegar, ela deve ter ido se refugiar na casa de Fontenaille, era seu único plano, mas isso já não era um segredo para ninguém, todo mundo conhecia o esconderijo dela. Virginia segurou as lágrimas de dor e raiva para que ninguém pudesse dizer a ela na manhã seguinte: "Está vendo, apesar do seu nome bonito, ainda conseguimos arrancar algumas lágrimas suas".

Apesar da confusão cada vez maior que invadira o liceu, os professores ainda estavam dando suas aulas. Os horários, a presença e a pontualidade dos professores eram as únicas regras que a madre superiora ainda conseguia impor, desde que fizesse vista grossa para as faltas repetidas de algumas alunas. Durante suas aulas, o sr. Legrand pediu que alguém fosse buscar os cadernos que ele tinha guardado em seu armário na sala dos professores. Immaculée saiu na frente. Na volta, ela distribuiu os cadernos. Virginia encontrou dentro do seu um pequeno pedaço de papel com um bilhete: "Quando a JMR chegar, parece que amanhã, não fuja como as outras. Suba ao dormitório, vá até o meu quarto e me espere. Confie em mim, vou te explicar. Jogue esse bilhete fora, se for preciso, engula. Immaculée Makagatare".

Virginia leu e releu o pedacinho de papel que conservou dentro da mão. O plano de Immaculée podia ser inteligente, mas será que ela deveria confiar na colega? Immaculée não era sua amiga de verdade. É certo que ela não fazia parte da turma de Gloriosa, ela parecia não dar a mínima para a política e nem para Gloriosa. Ela parecia só se importar com a beleza, por que, então, correria tantos riscos para salvar uma tutsi? Se esconder no quarto de Immaculée era se entregar totalmente a ela. O que aconteceria depois? Bom, de todo modo, tinha o nome de Immaculée, seu nome de verdade, escolhido pelo pai, Makagatare. "Gatare" – será que era isso que dizia seu sonho, Gatare, aquilo que é branco e puro? Ela foi tomada outra vez por aquela sensação de estar sob uma capa de proteção. Sim, Virginia seguiria o plano proposto por Immaculée, Mukagatare, o que ela tinha a perder?

Tudo se passou como Virginia tinha imaginado. Dois micro-ônibus atravessaram a toda velocidade o portão e pararam bem na frente da escada da entrada principal. Alguns jovens, bem jovens mesmo, desceram carregando enormes clavas. Em seguida, as estudantes tutsis saíram correndo pelos corredores numa tentativa desesperada de fuga. As outras alunas tentaram persegui-las, mas não conseguiram pegá-las. Virginia viu que uma sala estava vazia. Ela entrou e se escondeu debaixo da mesa do professor. A horda de perseguidoras passou aos gritos. Quando teve certeza de que o corredor estava deserto, foi até a janela olhar o pátio. Ela viu Gloriosa passando instruções a um jovem que parecia o líder dos militantes. Virginia não teve dificuldades em compreender o plano da outra: as alunas empurravam suas colegas tutsis para o jardim onde o grupo da JMR, com suas clavas, estava aguardando. Virginia entreabriu a porta da sala, não havia ninguém no corredor, ela saiu com cuidado. Os professores belgas tinham ficado nas salas vazias, sentados em suas mesas buscando refletir sobre qual seria a melhor conduta naquela situação. Os professores franceses tinham se reunido e estavam mergulhados em uma discussão apaixonada. Virginia estava protegida por uma espécie de halo de calma. Ela subiu a escada que levava ao dormitório sem esbarrar em ninguém e entrou no quarto de Immaculée. Ela viu se, em caso de emergência, poderia entrar debaixo da cama. Ela esperou, espreitando o menor dos ruídos. Ouviu uma gritaria e um falatório, deveriam vir do jardim localizado atrás do prédio, pensou ela tremendo. E, depois, alguns passos. Ela se escondeu debaixo da cama.

– Você está aí? – perguntou Immaculée.

– É você? Immaculée, o que você quer comigo?

– Não está na hora de explicar. Escute bem. Debaixo da cama tem um pano, se enrole nele. Você vai se esconder na casa de Nyamirongi, a fazedora de chuva. Já combinamos tudo. Eu mandei Kagabo falar com ela. Segundo Kagabo, ela aceitou. Ninguém vai até lá procurar por você. Vou enviar Kagabo quando houver um carro para nos buscar, vou te levar, se for preciso, na mala do carro. Rápido. Kagabo está esperando, você não precisa ter medo, eu dei a ele bastante dinheiro, além do mais, os feiticeiros não gostam de lidar com autoridades. Eu vou na frente para garantir.

"Ele te espera no mercado", disse Immaculée. A essa hora da tarde o mercado já tinha acabado havia muito tempo. Alguns cachorros esqueléticos disputavam com corvos e abutres os escassos restos de detritos. Por detrás de uma barreira com velhos barris enferrujados, ela ouviu um discreto: "Ei, por aqui". Lá estava Kagabo agachado ao lado de um feixe de madeira cortada.

– Este seu pano é novo demais para se fingir de camponesa, me dê ele aqui.

Kagabo se levantou, pegou o pano, amassou com força e esfregou na poeira e nos pequenos regatos que riscavam o chão.

– Bom, vai funcionar, tire os sapatos e venha até aqui.

Ele pegou o rosto de Virginia com suas mãos sujas de terra, esfregou com força as bochechas e lhe estendeu um pedaço de tecido sujo para cobrir o cabelo.

– Agora, sim, você está maquiada como uma camponesa de verdade. Pegue esse feixe de lenha, coloque sobre a cabeça e ande devagar, bem devagar, como uma camponesa de verdade. Não há nada a temer, todo mundo está com medo, eles não entendem o que acontece e nem ousam sair de casa, os comerciantes fecharam as lojas. Além do mais, ao meu lado você estará segura, as pessoas não gostam de chegar perto de alguém que envenena os outros!

Quando Virginia entrou na cabana esfumaçada, ela só conseguia ver o jogo de luz e sombras trêmulas produzidas pelas chamas da lareira. No interior escuro, ao pé de um arco de palha trançada que o fogo não alcançava, veio uma voz fraca:

– Aí está, Mutamuriza, eu estava esperando você, venha mais perto

Virginia se dirigiu ao fundo da cabana e, por fim, enxergou a silhueta de uma senhora enrolada e encapuzada com um cobertor marrom de onde saía um rosto todo enrugado que fez Virginia lembrar dos pequenos macacos que, na casa da sua mãe, pilhavam as plantações de milho.

– Venha mais perto, não tenha medo, eu sabia que você viria, não vá achar que foi Kagabo quem me falou da sua vinda, eu sabia bem antes dele e mesmo antes da jovem que pediu a ele para vir aqui falar comigo. Eu sei quem mandou você vir e é por Ela que eu aceito recebê-la.

– Nyamirongi, como eu faço para agradecer? Você está salvando a minha vida e eu não tenho nada para lhe dar em troca. Abandonei no liceu tudo o que eu tinha. Mas sem dúvida Kagabo trouxe o que a minha amiga queria te dar por mim.

– Ele trouxe, mas eu não quis. Não é por sua amiga que estou fazendo isso, ela não tem que me pagar nada. Se aceito acolher a favorita Daquela que está do outro lado das Sombras, é porque ela também vai me fazer favores.

– Você consegue ver meus sonhos?

– Eu vi o bezerro branco e vi Aquela que te deu o presente, mas eu não vi em sonho, eu vi quando os espíritos me levaram para o outro lado das Sombras. Você é a favorita das Sombras, seja bem-vinda à casa de Nyamirongi.

Virginia se instalou perto de Nyamirongi. Todos os dias, ela preparava um mingau de sorgo para a senhora. Nyamirongi parecia gostar. Virginia constatou que o celeiro, detrás da cabana, estava cheio. Nyamirongi deveria ter muitos "clientes". Quando a noite caiu, ela agachou perto do fogo, estendeu o braço direito, apontando o dedo indicador, com uma unha bem longa, para as quatro direções. Depois guardou a mão debaixo do cobertor contentando-se em balançar a cabeça e murmurar algumas palavras que Virginia não chegou a entender. Passou uma semana. Virginia estava cada vez mais preocupada. O que tinha acontecido no liceu? O que tinha acontecido com Veronica? E com as outras? Será que algumas tinham conseguido escapar? Ela se esforçava para acreditar que sim. Immaculée teria se esquecido dela, ou denunciado? Escondida atrás de uma pedra, Virginia passava os dias espreitando para ver quem descia na direção do liceu.

Mas uma noite, o braço de Nyamirongi, com seu dedo esticado e a unha longa, começou a tremer e, para dobrá-lo de volta, ela precisou usar o braço esquerdo. Ela encarou Virginia com um brilho no olhar:

– A chuva me diz que ela vai embora, que vai deixar esse lugar, abrir espaço para a estação da poeira. E ela disse também que aqui embaixo, em Ruanda, a estação dos homens mudou. Mas ela me disse ainda para não acreditar nisso: os que acreditarem na calmaria serão surpreendidos por um raio. Serão pegos e vão perecer. Em breve você vai embora. Amanhã vou tirar a sua sorte.

Nyamirongi acordou Virginia antes do nascer do Sol e reacendeu o fogo jogando um pequeno pedaço de lenha nas brasas.

– Vamos, vou tirar sua sorte antes que o Sol saia. Com a luz do sol, os espíritos não respondem mais.

Ela pegou um grande cesto e, de dentro de um saquinho feito de tecido de figueira, tirou sete ossos.

– Um carneiro nos deu os seus ossos para conhecermos o destino. Nunca se deve comer carneiro.

Ela fechou os olhos e jogou os sete ossos no grande cesto. Ela abriu os olhos e contemplou durante um tempo, sem dizer nada, a constelação desenhada pelos ossos.

– O que você está vendo? – perguntou Virginia, um pouco preocupada.

– Você vai embora para bem longe de Ruanda. Você conhecerá os segredos dos brancos. E você terá um filho. Você vai chamá-lo Ngaruka, "Eu voltarei".

– Está vendo ali – disse Kagabo – sua amiga está esperando no carro.

A porta de trás do Land Rover se abriu e Virginia viu Immaculée fazendo-lhe um gesto para ela entrar:

– Venha, rápido. Voltaremos para casa. Não vale mais a pena se esconder, mas não fique muito exposta.

– Eu não entendo – disse Virginia – me explica o que está acontecendo.

– Nyamirongi fala com as nuvens, mas ela não tem um rádio. Houve um golpe de Estado e o Exército tomou o poder. O antigo Presidente está em prisão domiciliar. Ao saber da novidade, os militantes tomaram seus micro-ônibus e foram embora com toda a pressa. Foi a irmã Gertrude, que vive com o rádio ligado, que deu a notícia. Ninguém sabe onde está o pai de Gloriosa, talvez tenha fugido, talvez esteja na prisão. Todo mundo ficou contra a Gloriosa agora, começaram a ofendê-la. Ela que tinha maquinado tudo: os problemas, a violência... Por causa dela, o diploma final de humanidades corria o risco de não ser homologado e o ano escolar seria perdido. A culpa é toda desta ambiciosa, cujo pai talvez esteja na prisão. Goretti fez um longo discurso e obrigou Gloriosa a ouvir: agora eram os verdadeiros hutus que tinham tomado o poder para salvar o país, os que tinham resistido a todas as colonizações, a dos tutsis, dos alemães, dos belgas. Eles tinham sido contaminados pelos modos dos tutsis, mas agora deveriam começar a falar o kinyarwanda verdadeiro, que foi mantido lá perto dos vulcões. Todo o mundo agora entendia Goretti falando sem dificuldades e algumas se esforçavam até para imitar seu jeito de falar. Um carro do Exército veio buscar Gloriosa, ninguém sabe o que aconteceu com ela. Mas não estou muito preocupada, com a ambição dela, Gloriosa, Nyiramasuka!, ainda vai ter um futuro na política e nós vamos revê-la por aí. Além disso, a madre superiora veio anunciar que as férias longas tinham sido antecipadas oito dias, as embaixadas tinham dobrado seus colaboradores na capital, o liceu deveria fechar as portas, ela avisara aos pais para virem buscar as filhas, alugara um micro-ônibus para aquelas que não tinham como voltar antes. O padre Herménégilde disse que a entronização da nova Nossa Senhora do Nilo tinha sido adiada para a volta às aulas, aproveitariam para celebrar a unidade nacional. Eu consegui avisar meu pai que mandou um motorista, vamos, rápido.

– E as outras, no liceu, o que aconteceu com elas? Conseguiram escapar? O que houve, mataram elas?

– Acho que não. Bom, ao menos não todas. Além de Gloriosa, não havia muita gente querendo matar as próprias colegas. Persegui-las dentro do liceu, sim, elas concordavam, pois achavam que as tutsis não deveriam ter lugar ali. Quando voltei ao pátio, o padre Herménégilde estava dizendo aos militantes coisas do tipo: "Vocês podem caçar as tutsis do liceu, mas não precisam sujar as mãos. Peguem algumas e lhes deem umas boas pauladas, isso vai bastar para acabar com o gosto pelo estudo. Elas perecerão nas montanhas, de frio, de fome, devoradas por cachorros abandonados e animais selvagens, e as que sobreviverem e conseguirem passar a fronteira, serão obrigadas a vender seus corpos, dos quais sentem tanto orgulho, pelo preço de um tomate no mercado. A vergonha é pior do que a morte. Vamos deixá-las ao julgamento de Deus". Na minha opinião, muitas conseguiram se salvar, elas encontraram ajuda nas missões, com alguns velhos missionários brancos que sentiam falta do tempo em que as tutsis eram suas fiéis preferidas, ou elas reencontraram os padres tutsis caçados nas paróquias que lhes protegeram: talvez eles tenham conseguido também passar a fronteira. Nem os camponeses estão prontos para matar jovens moças instruídas por causa de boatos que não lhes dizem respeito. Agora elas estão em Bujumbura, Bukavu ou em algum outro canto. Não ouvi falar de nenhuma morte e, se tivesse havido alguma entre as alunas, Gloriosa teria se vangloriado. Mas ela queria mesmo era matar você e Veronica, não suportava a ideia de vê-las ao lado dela na entrega solene dos diplomas.

– E onde está Veronica? O que aconteceu com ela?

– Não sei. Não me faça essa pergunta.

– Sim, você sabe, sim.

– Eu não quero dizer.

– Você vai ter que me dizer. Você me deve isso.

– Tenho vergonha de contar, fico com medo, agora tenho medo de todos os homens, eu sei que cada ser humano esconde em si alguma coisa horrível. Nem meu namorado eu quero ver. Ele me escreveu para dizer que estava orgulhoso por ter se portado como um bom militante, por ter espancado os tutsis do seu trabalho, ele disse que não sabia se tinha matado, mas esperava, com as pancadas que tinha dado, ter deixado alguns deficientes. Não quero mais vê-lo. Você quer mesmo saber o que aconteceu com a Veronica? Bom, escute, mas não chore na minha frente, você é Mutamuriza, aquela que não devemos fazer chorar. Se você chorar, isso vai dar azar.

Quando a JMR acabou de expulsar as tutsis, Gloriosa disse: "Faltam duas: uma, sei onde está, mas a outra deve estar escondida no liceu, é preciso encontrá-la e, depois, ir até o fim. Eu quero que ela chore todas as lágrimas do seu corpo, Mutamuriza! Nós, estudantes, temos que nos levar a sério!". Eles te buscaram por todo canto, reviraram todo o liceu. Você já estava bem longe, claro. Gloriosa ficou com raiva. Ela foi para cima de Modesta que ficava, como sempre, atrás dela feito um cachorro. Ela começou a ofendê-la: "Idiota, foi você que mandou a Virginia fugir, ela era sua amiga, sua verdadeira amiga, você ficava do meu lado só espionando para contar para ela, eu vou puni-la por ser tão parasita, por ter ficado tanto tempo ao meu lado só para me enganar. Realmente, você é filha da sua mãe. Você só me deu a sua metade *inyenzi*, bom, e eu vou fazer com que você apague sua metade tutsi que te levou a me trair". Ela chamou três militantes que arrastaram Modesta para uma sala de aula. De fora, dava para ouvir os choros, súplicas, gritos e gemidos. Isso tudo durou bastante tempo. Depois viram Modesta se arrastando até a capela e tentando cobrir o corpo ensanguentado com os farrapos do uniforme.

Gloriosa chamou todos os militantes e disse: "Há outra *inyenzi*, uma verdadeira e ainda mais perigosa, que pensa que é uma rainha tutsi. Eu sei onde ela se esconde, não é muito longe daqui, é na casa de um velho branco. Vocês não podem deixar ela escapar. O branco é cúmplice dos *inyenzis*, ele transformou sua plantação em esconderijo, em uma base para atacar o povo majoritário, ele recrutou jovens tutsis que ele treina como um esquadrão. Enquanto isso, ele invoca o diabo e sua tutsi, que se chama Veronica, foi transformada em uma diaba. Juntos eles armam coisas abomináveis, como a rainha Kanjogera que, segundo meu pai, matava quatro hutus todas as manhãs para abrir o apetite. Ela dança na frente do diabo. É preciso acabar com esses demônios. Rápido".

"Vinte militantes partiram em um micro-ônibus levando um militante de Nyaminombe para lhes servir de guia. Eles voltaram quando já tinha anoitecido. Eles estavam muito animados, gritando: "Pegamos eles! Pegamos eles!". E abriram várias garrafas de Primus. Gloriosa pediu ao líder para contar seus feitos e ele não se fez de rogado. Contou que, primeiro, eles invadiram a *villa*, mas não havia ninguém lá dentro. Eles quebraram todos os móveis. Em seguida, foram para o jardim de onde viram a capela do diabo. Entraram nela e, na parede, estava pintada uma procissão de moças tutsis completamente nuas adorando a grande diaba, que ficava na parede do fundo. Ela, sim, era uma verdadeira tutsi, levando na cabeça um chapéu com os chifres do demônio. Aos pés dela, havia uma espécie de trono e, sobre o trono, o chapéu com chifres da diaba. Eles ouviram um barulho atrás da capela e correram para ver. O branco e a tutsi tentavam se esconder no pequeno bambuzal. O branco levava um fuzil, mas não teve tempo de usá-lo. Todos caíram em cima dele e derrubaram-no. Também pegaram Veronica e a levaram para a capela. O líder dos militantes disse que ela parecia com a diaba pintada na parede. Eles tiraram a roupa da tutsi e a forçaram, batendo nela, a dançar nua diante da imagem. Depois colocaram-na no trono, vestiram-na com o chapéu e afastaram suas pernas. Não vou contar o que fizeram com os bastões e com ela. Em seguida, queimaram o cercado que esse branco doido tinha construído em sua propriedade, mas não encontraram os *inyenzis* que Fontenaille tinha recrutado, eles tinham fugido havia muito tempo, mas abateram e queimaram as vacas. O líder dos militantes segurou o chapéu com os chifres. Ele ainda estava louco de raiva. "Aqui", gritou ele, "aqui está a coroa da rainha dos *inyenzis*, o chapéu do diabo, mas agora acabou, ela teve o castigo que merecia e ele vai continuar no Inferno. Lamento não ter matado todos os outros, mas espero que um dia possamos encontrá-los".

Na manhã seguinte, o prefeito foi com seus policiais e militantes prender Fontenaille e entregar a ele sua ordem de expulsão. Eles o encontraram enforcado na capela. Disseram que ele se suicidou. Se foi a JMR que o matou, ela não se vangloriou, afinal, matar um branco é sempre delicado para o governo. Todas as moças que ouviam o líder dos militantes tremiam, algumas choravam, porém tinham que aplaudir. "Estão vendo", disse Gloriosa, "o deus dos tutsis é o Satanás!" Eu não acredito nessas histórias sobre o diabo, são só mentiras de Gloriosa. O que eles fizeram com a Veronica é horrível. Agora não tenho dúvidas, dentro de cada homem há um monstro adormecido: não sei quem foi que o acordou em Ruanda. Mas, me conte uma coisa, o que a Veronica fazia na casa do Fontenaille, eles rodavam um filme? Ela gostava tanto de cinema... Você deve saber o que ela fazia lá, Virginia, vocês eram melhores amigas, todo mundo sabe que ela não escondia nada de você.

– Eu não sei. Não me conte mais nada, por favor, e não me pergunte nada se você não quer me ver chorar.

Elas ficaram um bom tempo em silêncio. A estrada parecia interminável, esgueirando-se por vales estreitos, escalando as encostas cobertas de espessos bananais, seguindo os picos salpicados de plantações de eucaliptos, e tornando a mergulhar em outros vales e a subir novas ladeiras... Virginia lutava para afastar as imagens de horror que não cessavam de assaltá-la e para segurar as lágrimas.

– Immaculée, eu devo a minha vida a você, mas ainda não entendi por que você fez isso tudo por mim. Eu sou uma tutsi e nem era sua amiga de verdade...

– Eu adoro os desafios. Acho que eu ficava mais atraída pela moto que aterrorizava as ruas de Kigali do que pelo meu namorado; eu fui ver os gorilas porque eu detestava Gloriosa; eu queria salvar vocês, você e Veronica, porque as outras queriam matá-las e, agora, decidi desafiar todos os homens, estou indo ficar com os gorilas.

– Você vai morar com os gorilas!

– Soube que a branca que quer salvar os gorilas vai recrutar ruandeses para formá-los como assistentes. E eu cumpro todos os requisitos: sou ruandesa, formada, acho que sou bonita, meu pai é um homem de negócios conhecido. Serei uma boa publicidade para ela. Mas e você? O que você pensa em fazer? Não vá abandonar seu diploma. Os militares declararam que tomaram o poder para reestabelecer a ordem. Eles vão acalmar os que estão muito agitados. Além disso, eles já conseguiram o que queriam: o lugar dos tutsis. Vou pedir ao meu pai para intervir se for preciso. Entendi por que ele me levou tão gentilmente à casa de Goretti em Ruhengeri: foi para dizer ao estado maior que podia contar com o dinheiro dele. E, por isso, ninguém vai recusar nada a ele. Ele, por sua vez, nunca recusa nada a sua filha.

– Não quero mais nada desse diploma. Vou até a casa dos meus pais me despedir deles e, depois, vou embora para o Burundi, Zaire, Uganda, não importa, qualquer lugar onde possa atravessar a fronteira... Não quero mais ficar neste país. Ruanda é o país da Morte. Você se lembra de uma história do catecismo? Durante o dia, Deus percorria o mundo, mas, todas as noites, ele voltava para a casa em Ruanda. Um dia, quando Deus estava fora, a Morte veio e tomou o seu lugar. Quando ele voltou, ela bateu a porta na sua cara. E foi assim que instalou o seu reino em nossa pobre Ruanda. Ela tem um projeto e está decidida a levá-lo até o fim. Eu só voltarei pra cá quando o Sol da vida voltar a brilhar sobre a nossa Ruanda. Espero que a gente possa se reencontrar quando chegar esse dia.

– É certo que a gente vai se reencontrar. Vamos combinar o ponto de encontro lá onde moram os gorilas.

Direção editorial SIMONE PAULINO
Editora assistente SHEYLA SMANIOTO
Projeto gráfico BLOCO GRÁFICO
Assistente de design LAIS IKOMA, STEPHANIE Y. SHU
Revisão LIVIA LIMA
Produção gráfica ALEXANDRE FONSECA

Foto da autora [p. 264]: © Photo C. Hélie © Editions Gallimard

3ª reimpressão, 2022

Dados Internacionais de Catalogação na Publicação (CIP)
(Câmara Brasileira do Livro, SP, Brasil)

Mukasonga, Scholastique
*Nossa senhora do Nilo*: Scholastique Mukasonga
Título original: *Notre-dame du Nil*
Tradução: Marília Garcia
São Paulo: Editora Nós, 2017.
264 pp.

ISBN 978-85-69020-20-2

1. Romance francês I. Título.

17-05688 / CDD-843

Índices para catálogo sistemático:
1. Romances: Literatura francesa 843


Rua Purpurina, 198, cj 21
Vila Madalena, São Paulo, SP | CEP 05435-030
www.editoranos.com.br

Fonte BELY Papel PÓLEN BOLD 70 g/m² Impressão SANTA MARTA